欧洲民间故事

高山　　主编

青岛出版集团 | 青岛出版社

图书在版编目（CIP）数据

欧洲民间故事 / 高山主编. —青岛：青岛出版社，2020.3

（“快乐读书吧”系列）

ISBN 978-7-5552-8603-5

Ⅰ. ①欧… Ⅱ. ①高… Ⅲ. ①民间故事—作品集—欧洲 Ⅳ. ①I507.3

中国版本图书馆CIP数据核字（2019）第204499号

书　　名　欧洲民间故事
主　　编　高　山
出版发行　青岛出版社
社　　址　青岛市崂山区海尔路182号（266061）
本社网址　http://www.qdpub.com
邮购电话　0532-68068091
策　　划　马克刚
责任编辑　张佳妮　陈　宁
封面设计　余　微
印　　刷　青岛鑫源印刷有限公司
出版日期　2020年3月第1版　2022年1月第13次印刷
开　　本　16开（710mm×1000mm）
印　　张　10
字　　数　100千
书　　号　ISBN 978-7-5552-8603-5
定　　价　30.00元

编校印装质量、盗版监督服务电话：4006532017　0532-68068050
建议陈列类别　少儿

目录

CONTENTS

阅读指导

每个国家和民族都有属于自己的本土故事，一部分由某些特定的作家创作而成，一部分则历经千百年，经过无数次的口口相传、添枝加叶，后来才被记录下来，这部分被称作“民间故事”。

民间故事所反映的内容是异常丰富的，往往包含超自然、异想天开的成分。本书收集了来自欧洲不同国家、不同民族具有代表性的民间故事，如《吉丽科果拉》《头长鲜花的人》和《海豹的眼泪》等，情节动人、趣味性强，具有鲜明的地域特点和民族特点。这些故事以幽默讽刺的语言，揭示了许多浅显易懂但又寓意深刻的道理，表达了人们对真善美的肯定和赞美，对假丑恶的批判和讽刺。

小学生了解一些欧洲民间故事，不仅能够完善知识结构，加深对不同文化的理解，而且对激发想象力和创造力具有积极的作用。

民间故事反映现实生活和人间百态，并教导人们追求真善美，远离假恶丑。同时，欧洲民间故事还是有一些鲜明的地域特点的。请比较一下它们与中国民间故事有哪些相同和不同之处。

诚实与虚伪

[挪威]

很久以前，诚实和虚伪是两兄弟。大哥诚实生性善良，为人厚道；二弟虚伪生性奸诈，为人狠毒。他们幼年丧父，母亲无法承担抚养两个孩子的重责，待他俩年岁稍长，便给他们一人一份食物，让他俩外出谋生去了。

黄昏时分，哥俩走到了森林之中，坐在被狂风暴雨折断的树干上歇脚。经过一天的跋涉，他俩早已饥肠辘辘，于是拿出母亲准备的食物，准备吃饭。

“大哥，不如咱们先吃你那份，下次再吃我这份。”虚伪提议道。诚实赞成弟弟的提议，可他却只吃到了面包的碎屑和外皮——因为虚伪把好吃的部分全吃了。

次日，哥俩的肚子又开始咕咕叫了，可是虚伪不肯与诚实分享他的食物，还强词夺理道：“这份食物是母亲为我准备的，而且这点儿东西，我一个人吃也就勉强能饱。”

“可是昨天你不也吃我那份了吗？”诚实据理力争。

“那是你自己缺心眼儿，愿意让我吃。忍饥挨饿都是你自作自受，要是实在太饿，你可以舔舔嘴唇。”虚伪毫不客气地说。

“真是人如其名，看来你一生一世都会这么虚伪！”诚实怒道。

虚伪恼羞成怒，便狠心地弄瞎了诚实的两只眼睛。

“你这个瞎眼雕鸮，这会儿可还知道哪个诚实哪个虚伪！”虚伪边骂边走了，留下大哥一人。

诚实独自上路，他双目失明，根本不知该去往何处，只能摸索着往前走，真是可怜极了！他走哇走，遇到了一棵菩提树，诚实摸到此树枝干粗壮，想着它一定十分茂盛，于是决定上树过夜，以免被山林猛兽当了晚餐。

他摸索着爬到树上，不一会儿，便听到树下传来放锅煮饭的声音。他留神细听，才知道是熊、狼、狐狸和兔子在举办单身派对。它们吃喝一阵，便打开了话匣子。

最受拥戴的熊最先开讲：“听说英国国王的视力欠佳，只能看到鼻子那么近的东西。事实上，只要他清晨来此，取菩提树叶上的露水擦眼睛，就能恢复视力！”

狼接茬道：“听说英国国王的爱女听力不好，若国王掌握我的知识，定能寻得良药。据我所知，去年圣餐之时，国王爱女吐的那口圣饼被大蛤蟆吃进肚里了。若能掀开祭坛前面的地板，找出这只蛤蟆，把圣饼从它肚中取出，让公主重新吃下，那公主便可恢复听力！”

狐狸接着说：“若国王掌握了我脑中的知识，就再也不用为饮水之事烦心了。实际上，水源就在国王花园里的那块大大的石头底

下。那可是全世界最清的水，在那个地方挖口井，饮水问题就可迎刃而解了！”

“国王的果园是全英国最好的，可结出的果子却是全英国最坏的。原因嘛，我是心知肚明的，都怪果园外面的那一圈金栅栏。假如没有那圈金栅栏，那个果园就能结出全英国最好的果子。”兔子接着说。

大家你一言我一语地说着，不知不觉已是深夜，于是各回各家。

万籁俱寂，诚实进入了梦乡。清早，鸟鸣将他唤醒，他想起昨晚听到的对话，便取了菩提叶上的露水擦眼睛，果真眼前变得一片光明。

诚实不远万里来到英国，毛遂自荐为国王效力，国王欣然应允。

某天，国王在自己的花园中流连忘返，可天热口渴，送来的饮用水却污浊不堪，难以下咽。国王不禁感叹道：“这个世界上还会有比这更糟糕的水吗？”

诚实道：“若派人挪开那块大石头，挖个水井，清水就可源源不断地涌出！”

国王决定一试，于是命人挪开石头，挖掘水井。挖了几下，泉水便汩汩流出，那水是如此清澈，别说英国，即使放眼世界，也没有比这更清澈的了。

后来又有一次，国王正在花园中散步，忽然飞来只老鹰不断追逐花园里的公鸡。人们不断高呼：“老鹰，老鹰！”国王很想射下老鹰，可视力欠佳，他竟不知该往何处瞄准。

“若有人能治好我的双眼，该多好！”

“陛下，我有办法。”诚实把治眼之法一五一十地禀告国王，国王连夜找到了菩提树，清晨用菩提叶上的露水擦过眼睛，视力便恢复了。

此后，诚实便成了国王的左膀右臂，国王无论游玩还是出访，都要把诚实带在身边，两人简直是形影不离。

某天，国王一行来到皇家果园，国王不禁遗憾道：“我的果园是全英国最好的，可是果子却是全英国最坏的，真是让人困惑。”

“陛下，只要除去这一圈金栅栏，这里就能结出全英国最好的果子。”

国王再次采纳了诚实的建议，命他带人拆掉金栅栏。果不其然，果园很快就硕果累累，那果子甭提多甜了！国王把金栅栏赏赐给诚实，诚实因此腰缠万贯。

后来，国王想到爱女惨遭不幸，不禁忧思满怀。

“美丽可爱的小姑娘成了聋人，她内心得多么苦闷啊！”国王说。

“陛下，我能医好公主。”诚实答道。国王龙颜大悦，说只要爱女痊愈，就招诚实为驸马。

诚实来到祭坛前，翻开地板后，果然逮住了一只大蛤蟆。他又毫无悬念地从蛤蟆肚子中取出了那块圣饼。公主吃下圣饼，即刻就恢复了听力。

国王信守诺言，将公主嫁给了诚实。他们的婚礼盛大而隆重。

举国上下一片欢腾，人群中有一个乞丐分外扎眼，他一路走来，乞求人们施舍一块面包给他。他一副穷酸相，谁看到他，都会心头一紧。诚实认出了人群中的这个乞丐，他就是虚伪——诚实的亲弟弟。

“你还记得我吗？”诚实问。

“您的地位如此显赫，我和您能有什么交集？”虚伪答道。

“我们曾亲密无间。”诚实道，“也许你不记得了，就在去年，你让我双目失明，虚伪！我曾说过，人如其名，虚伪，今天我又说了一次。可不论如何，你都是我弟弟，我给你食物，你吃饱后就去找那棵菩提树，希望你能在那儿听到些对你有用的话……”

虚伪无心再听，满心想的都是：“他不过在菩提树上睡了一夜，而今，半壁江山都是他的，我要是……”虚伪马不停蹄地赶到菩提树旁，爬上树去静静等待。

没过多长时间，那群动物来了，又在树下办起了单身派对。酒足饭饱之后，动物们再次打开话匣子。虚伪在树上抖擞精神，倾耳细听，结果只听一声吼叫，那是熊的声音：

“去年我们的话就被人偷听了，以后再也不讲了！”

动物们相互道别后，便返回家中。独留虚伪一人，一无所获。

朱塞佩卖马

［意大利］

圣玛利诺附近的某个小村庄里住着一个名叫朱塞佩·佛伦乔治的农民，人们都亲切地叫他佩佩。佩佩为人朴实，任劳任怨。他有一块田地，还有勤劳的双手，他想着再给家里添头骡子。佩佩想：一个钱币加上一个钱币就是两个钱币，两个钱币再加上一个钱币就是三个钱币。他就这样一个子儿一个子儿地攒啊，终于手里的钱币足以去马市上买头骡子了。

那是个周日，佩佩着盛装，还特地在耳后别了朵花，然后向马市进发。他边走边唱：

佩佩是我名，
我名朱塞佩。
大步流星向前走，
身旁万物，
都向我歌唱。
我辛勤劳作，

我汗流浃背，
我的生活多么快乐。
为了干得更快更好，
我要去买一头小骡子。

神父听到歌声，立马夺门而出，对他说：“佩佩，我的孩子，听你的歌声，你是要去买骡子？”

“是的，神父，我要去买骡子。”

“佩佩，我的孩子，马市上骗子多，一定当心别买来身患疫病的牲口，它们弱不禁风，连石子路都走不了。我的好孩子，我心里疼爱你，不如我把我那头身强体壮的骡子转让给你吧。”神父言辞恳切。

佩佩喜出望外，他很想知道那到底是头什么样的骡子。

交易达成，神父牵出骡子，交给佩佩，然后飞也似的跑回家，关门上锁。

没想到这是一头狡猾的骡子，一上来就给了佩佩一脚，还冲着他的耳朵咬了一口，然后像匹野马一样，撒腿就跑。

“快停下，快停下！”佩佩边喊边追，终于追上了。这回骡子就定在那里，一动不动。佩佩好说歹说，连哄带打，骡子就是一动不动。过了一会儿，那骡子也许站得烦了，就又向前奔去，它每奔二十步就停下半小时，如此这般，费了很长时间才回到家中。

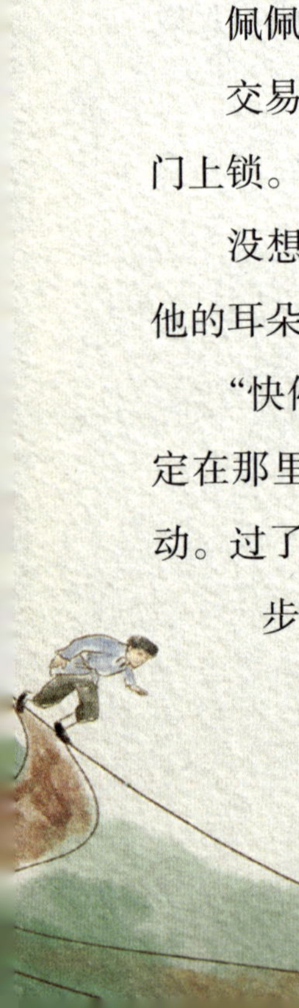

正如谚语所说：“若想识破骗子，须得成为半个骗子。”佩佩虽从无骗人之举，可也不愿白白落得个“傻瓜”之名。

周日如期而至，佩佩再次去往马市，这次他去马市，不是买骡，而是卖马。一匹小马驹任他牵在身后。那小马驹毛色乌黑发亮，如擦得锃亮的皮靴一般。

佩佩路过神父家时，再次放声高歌：

灰骡子黑马，神父呀，
我们来猜谜吧！
若猜中，我认输；
若不中，一笑而过。

神父忍不住探出头来，看到一匹好马。

“好孩子，你牵着马到哪儿去？”神父打探道。

“牵到马市，卖了它！”佩佩答道。

“这马毛色乌黑发亮，可是奔跑速度最快的波尼马（矮种马）？”神父说。

“没错！”佩佩附和道，“你看它的毛色，没有一根浅色杂毛。”

“如果你愿意，我想买了这匹马。”神父说。

“买马随意，我的神父。”佩佩轻蔑道，“不过有一条：买卖一成，不能反悔。大家都知道，买方即使有一百双眼睛，也觉得不够用；卖方只需一双眼睛就已足够，对此你我心知肚明。”

“你过虑了，该检查的我都检查好了，现在咱们来商量商量价格吧。”

佩佩的出价是骡子价格的四倍，神父的还价却只有骡子价格的四分之一。双方一番讨价还价，卖方让一步，买方添一些，不过三个钟头，双方就敲定了价格。神父用两倍于骡子的价格买下了这匹马。

神父令仆人牵马到河边，自己一路跟随，得意扬扬地欣赏着新买的马匹。忽然，小马抬起后蹄踢了仆人一脚，然后又向神父咬去。

“天呀，如果这马的毛色不是如此乌黑发亮，我就把它当成过去家中那头灰骡子了！”仆人尖叫道。

“你敢再说一遍？”神父怒气冲冲地喊道，“不许你侮辱我的骏马！”

说话间，他们来到河畔，水刚及膝，“波尼马”就停止不前，任由仆人用力拉拽缰绳，神父使劲儿向前推，它自岿然不动。这一通折腾，周边的水变得黑如墨汁。

“神父，我看这就是咱家那头骡子。您看，水都变黑了，马腿也变成灰色的了。”仆人直言不讳。

“怎么可能？”神父还是不愿相信现实，“我可是花了两倍的价钱，难道真的上当了？”

话音未落，“波尼马”飞奔向前，两人都被带到了水中。

随后，神父、仆人和灰骡子，三个脑袋一起探出水面。

“快看呀，佩佩这个骗子竟把我的骡子卖回给我了！”神父叫道。

可是又有什么用呢，根本无人理会他。神父只得拖着湿透的身子，拉着那头倔强的灰骡子返回家中。

此后，一句新的谚语在圣玛利诺的大街小巷传播开来：“骗子终究会把骗人的东西带回家中。”

灰马、黄马和黑马

[俄罗斯]

很久很久以前，有一个老者，他有三个儿子，不幸的是，他最小的儿子有些呆傻，除了蹲在墙角擤鼻涕，什么都不干。老人行将就木，语重心长地对三个儿子说："孩子们，我死后，你们三个要依次来为我守灵，一人一晚。"

话音一落，老者与世长辞。兄弟三人将父亲安葬了。天色渐晚，第一晚该老大去守灵。不知道是因为懒惰还是胆怯，他对老三说："傻老三，你天天无所事事，今晚就替我去给父亲守灵吧。"

老三没说什么，就去为父亲守灵了。夜半时分，老者的坟茔突然裂了个缝，老者从缝中走出，问道：

"今晚守灵的是老大吗？"

"爹爹，不是老大，我是傻老三啊！"

"不是该老大来吗，他怎么没来？"老者继续问道。

"爹爹，是大哥让我来的。"

"原来如此，愿你生活幸福！"老者说罢，吹了个口哨，口哨声清脆嘹亮，然后高声叫道："灰马，黄马，黑马！"

话音刚落，灰马眼冒金光，鼻喷浓烟，奔驰而来，动静响彻山谷。

“我的好儿子，这匹骏马以后就是你的了。”老者对儿子说。接着他又转向灰马道：“灰马，像侍奉我一样侍奉我的儿子吧！”老者说完，就重新回到了坟茔。傻老三抚摸了一下马背，就把它放了，然后独自返回家中。

“昨夜可有什么事？”大哥问道。

“一夜无事，大哥。”

次日晚间，老二也不想去为父亲守灵，便对老三说：“傻老三，今晚你去替我守灵吧。”

傻老三二话没说，收拾收拾就去了。老三守灵到夜半时分，父亲的坟茔又裂开了，父亲再次从坟中走出，问道：

“今晚守灵的是老二吗？”

“爹爹，不是老二，还是我啊，傻老三！”老三答道。老三话音刚落，老者就吹了个口哨，口哨声清脆嘹亮，然后高声叫道：“灰马，黄马，黑马！”

黄马眼冒金光，鼻喷浓烟，奔驰而来，动静响彻山谷。

“黄马，像侍奉我一样侍奉我的儿子吧！”老者说完重新回到坟茔。傻老三抚摸了一下马背，就把它放了，然后独自返回家中。

二哥问：“傻老三，昨晚睡得怎么样？”

“我睡得很好，二哥。”

第三天晚间，该傻老三守灵了。两个哥哥还未吩咐，他就主动收拾好，守灵去了。夜半时分，父亲再度从坟茔中走出，他明白，守灵的肯定是他的傻老三，便吹了个口哨，口哨声清脆嘹亮，然后高声叫道："灰马，黄马，黑马！"

黑马眼冒金光，鼻喷浓烟，奔驰而来，动静响彻山谷。

"黑马，像侍奉我一样侍奉我的儿子去吧！"老人对黑马说完，就转向三儿子，与他话别，最后又重新躺回自己的坟茔之中。傻老三饱含深情地抚摸了一下马背，就把它放了，然后独自返回家中。

"昨晚睡得如何？"哥哥们问道。

"哥哥们，我睡得很好。"

两个哥哥都各自去忙了，傻老三依旧蹲在墙角擤鼻涕，除此一事不做。

某天，国王发出敕令：若有人能跳过广场上所有的原木，摘得公主画像，就让他与公主结为良缘。两个哥哥都打算去看看这百年一遇的大事。傻老三坐在床上对哥哥们说：

"哥哥们，也给我一匹马吧，我也想去看看。"

"拉倒吧！就你还想去，去那儿捣乱吗？"哥哥们骂道。可是傻老三坚持要去，哥哥们也拿他没辙儿，便对他说："你骑家里那匹三腿马去吧。"哥哥们说完就出发了。傻老三远远跟着他们穿过田野，到达一片宽阔地带。傻老三跳下马，将马宰了。随即他吹了一个清脆嘹亮的口哨，然后大声说道："灰马，黄马，黑马！"

灰马眼冒金光，鼻喷浓烟，奔驰而来，动静响彻山谷。傻老三钻进马耳朵，酒足饭饱之后，从马的另一只耳朵里钻了出来。他换了身衣服，变成一个英俊潇洒的年轻人。即使哥哥们见了他也认

不出来。傻老三跨上灰马，飞奔驰骋前去跳原木，摘画像。那里早已人山人海，可他一来，立即吸引了所有人的目光。傻老三扬鞭策马，一跃而上。遗憾的是，只差三根原木、未能摘得画像。众人只知他何时来，却不知他去往何处。傻老三放了灰马，返回家中，重新坐在了家里的床上。哥哥们随后归家，对他的嫂嫂们说："哎哟，你们是没见着，有个面生的年轻人，只差三根原木就能摘走公主画像了。他来的时候，大伙儿都看见了，就是不知道他后来去哪儿了。不过大家都说，他肯定还会再来……"

这时，坐在床上的傻老三说："哥哥们，那个人就是我呀！"

"真是痴人说梦，你除了擤鼻涕还会干啥？"哥哥们嘲笑道。

一段时日之后，国王再次发布敕令。哥哥们还跟上次一样，要去看看热闹。傻老三也想去，便说："哥哥们，也给我一匹马吧，我也想去看看。"

"你还是在家擤鼻涕吧！"哥哥们拒绝道。可是傻老三坚持要去，哥哥们知道拦不住他，就让他骑家里那匹瘸腿马去。傻老三跨上瘸腿马，行至半路，如上次一样，宰了马。然后他吹了一个清脆嘹亮的口哨，大声说道："灰马，黄马，黑马！"

黄马眼冒金光，鼻喷浓烟，奔驰而来，动静响彻山谷。傻老三钻进黄马耳朵，从马的另一只耳朵里钻了出来，摇身一变，成了个风流倜傥的年轻人。他跃上马背，飞奔而去，只是依然抱憾而归，这次差了两根原木。众人只知他何时来，却不知他去往何处。他照旧放了黄马，返回家中，坐在床上，等哥哥们回家。两个哥哥回来后，对嫂子们说："还记得我们上次说的那个年轻人吗？他果然来了，这次只差两根原木。"

"哥哥们，那个人就是我呀！"傻老三道。

"你个傻瓜，一边歇着去吧！谁知道你去哪儿鬼混了！"

不久之后，国王第三次发布敕令。哥哥们自然还要去看个热闹，傻老三自然还是要求同去："哥哥们，请给我一匹马，让我跟你们一起去吧。只要是匹马就行。"

哥哥们见无法阻止傻老三，便让他骑家里那匹瘦马前去。傻老三骑上瘦马，行至半路，如之前一样，宰了马。然后他吹了一个口哨，朗声喊道："灰马，黄马，黑马！"

黑马眼冒金光，鼻喷浓烟，奔驰而来，动静响彻山谷。傻老三钻进黑马耳朵，酒足饭饱之后，从马的另一只耳朵钻了出来。他换了衣裳，摇身一变，变成了个英俊潇洒的年轻人，跨上黑马直奔宫殿前面的广场。他只见宫殿雄伟壮丽，金碧辉煌。这次他顺利跨过所有原木，摘得公主画像，还拿到了公主的手绢。众人只知他何时来，却不知他去往何处。他照旧放了黑马，返回家中，坐在床上，等哥哥们回家。两个哥哥回来后，对嫂子们说："这次那个年轻人又来了，他顺利地跳过所有原木，拿到了公主的画像。"

傻老三坐在烟囱后面接口道："哥哥们啊，那个人就是我啊！"

"你这傻瓜，除了擤鼻涕还会什么？鬼知道你骑着那个瘦马去哪儿了！"

不久之后，国王举办了盛大的舞会，受邀出席舞会的既有亲王、省长之类的高官，又有学者、议员之类的高知，还有商人、市民、农民代表。傻老三的两个哥哥也应邀前去参加舞会，傻老三也跟着去了，他就坐在烟囱后面，咧嘴憨笑。舞会上，公主向各位来宾一一敬酒，十分殷勤。她想借此观察谁拿到了那个手绢。那可是她要相伴一生的人啊！可是她观察了半天，也未发现手绢的踪影。舞会上，公主与傻老三擦肩而过，却没注意到他。舞会结束，众人散去。

次日，国王再次举办舞会，公主还是未能找到未来的驸马。

第三日，公主依旧向各位来宾一一敬酒，可还是未能发现手绢的踪影。“难道我的白马王子没有来舞会？”公主纳闷之时，朝烟囱那边瞥了一眼，看到了烟囱边上的傻老三。他穿得破破烂烂，满面污垢，头发蓬乱。公主倒未介怀，倒了杯酒去向他敬酒。傻老三的哥哥们见了，心里嘀咕：公主居然会给一个傻瓜敬酒！傻老三喝了酒，便拿出手绢擦了擦嘴。公主顿时喜笑颜开，牵着傻老三的手来到国王跟前。

“父王，这便是我的意中人！”傻老三的哥哥们大吃一惊，醋意横生，在心里嘀咕：公主是不是疯了？居然会相中老三这个傻瓜！

国王当下便摆下酒宴，为公主和傻老三举行了盛大的婚礼。傻老三居然成了驸马，宫人们带他去梳洗一番，换了身衣裳，他摇身一变，成了个英俊潇洒的年轻人，跟换了个人似的。直到这会儿，哥哥们才恍然大悟，这就是为父守灵的好处啊！

贝帕卡和玛林卡的故事

[捷克]

从前，有户人家，家里有两个女儿——贝帕卡和玛林卡。她们的母亲十分偏心：母亲将大女儿贝帕卡视若珍宝，对她有求必应，关怀备至；却十分憎恶小女儿玛林卡，时常对她拳脚相加，恶语相向。大女儿贝帕卡除了享乐和打扮，什么都不会；小女儿玛林卡承担着所有家务活儿，却连一件干净的衣服都没有，只能像烟囱清洁工一样，天天穿一件破烂的脏衣服——那是她唯一的衣服。玛林卡心地善良，日日辛勤劳作，希望得到母亲和姐姐的认可。但事与愿违，她们不但不认可她，而且时常侮辱她。

后来，玛林卡实在是忍无可忍了，便对母亲说："妈妈，我实在是受不了了。我要离开这个家，替人帮佣，挣钱养活自己。"

她的母亲装出语重心长的样子，说："去吧，孩子，出去见见世面对你总是有好处的。"其实她心里想的却是：就你这样一个小姑娘，从来都没出过门，对外面的世界一无所知，能干什么事儿？有你后悔的时候！

次日清晨，玛林卡走出家门，随身只带了一个大线团。她出了村，就把线团放在地上，说："线团啊，线团，你滚一滚，我就向你滚动的方向前进。”

线团一路滚个不停，一直滚到一棵苹果树下，那里遍布青苔。苹果树开口道：“亲爱的玛林卡，请你帮我洗个澡，把我的枝干刷干净。我不会让你白忙活，一年之后，给你满树的苹果。”玛林卡按照苹果树的吩咐干起了活儿，她刷呀刷呀，把整棵树都刷得干干净净的，漂亮极了。苹果树对她深深地鞠了一躬，表达自己的感激之情。玛林卡刷完苹果树就继续上路了，她再次拿出线团，说：“线团啊，线团，你滚一滚，我就向你滚动的方向前进。”

线团滚啊滚，一直滚到一口水井旁边，这里本来满是甘甜的泉水，可是井眼却被淤泥堵住了。水井开口道：“可爱的姑娘，麻烦你帮我清清淤泥。我不会让你白忙活，一年之后，给你无尽的清水。”玛林卡二话不说，挽起袖管，弯下腰就开始清理淤泥。一会儿工夫，井水便清澈明亮，如同镜子一般。

玛林卡再次跟向着线团滚动的方向上路了，线团不急不缓地滚着，玛林卡就在后面紧紧跟着。线团滚啊滚，一直滚到一个旧炉子前，炉膛内满是烟灰和杂物。旧炉子开口道：“善良的姑娘，请你帮我清扫一下吧！一年后，若你再来，定有惊喜。”玛林卡立即搜集树枝，将树枝扎成笤帚，然后跪在地上开始清理炉膛内的烟灰和杂物。终于清理完了，炉子又可以用来烘烤面包了。

玛林卡再次将线团放在地上，这次线团带着她来到森林里，停在一间小屋前面。玛林卡上前叩门，一个老太太探出头来，问：“你一个小姑娘，在这里东瞧瞧西看看，有什么事？”

“老奶奶，我想找点活儿干，您需要帮佣吗？”玛林卡彬彬有礼地问道。

“要哇，我刚好缺个帮佣，正愁活计太多，没人干呢。我家里有一只猫、一条狗，我不在家时你要替我尽心喂养它们。一定得尽心啊，不然我回来，它们会告状的。”

老太太说完就消失了，房子里只剩玛林卡，她便开始干起活来。玛林卡赶紧烧火煮饭，每次吃饭时，她都会先让猫和狗吃饱，自己总是最后才吃。小猫、小狗十分亲近玛林卡，总是依偎在她的脚边，享受着玛林卡的抚摸，听她讲故事。她们相处得十分融洽，感情好极了……

第三日夜里，突然传来了重重的敲门声，玛林卡心里害怕极了，只得向小猫、小狗求救：“猫咪、狗狗，咱们能不能开门啊？”

“不能开，不能开，你告诉她，把储藏间的三只箱子中的一个给你才给她开门。”

敲门声更大更紧了，玛林卡忐忑道：“要想开门，得答应给我一只箱子。”

“没问题，给你一只。里面的箱子你随便挑，那个彩色的也能挑哦！”敲门的女巫痛快地答应了。

玛林卡刚到储藏间，小猫和小狗就一起跳上了同一只箱子，然后对她说："选这只，选这只，不选别的。"

这只箱子看起来再寻常不过，但玛林卡还是将它提起，走出了房门。门外站着一匹骏马，毛色如雪，漂亮极了。玛林卡还没弄明白怎么回事，白马已将她驮在背上，向着家的方向飞奔而去。在玛林卡看来，她离开家不过短短几日，可事实上，她离家已有一年之久。

骏马载着她来到炉子前，炉膛内正烤着面包、蛋糕、饼干等各色食物，香气四溢。炉子开口道："善良的姑娘啊，你拿吧，随意拿，拿多少都可以！没有你的帮助，就没有这一切。"玛林卡什么都没拿，就继续上路了。

白马继续驰骋，停在了水井边，水井开口道："姑娘啊，喝口水吧，喝了我的水，永远不会渴。"玛林卡委婉地谢绝了水井的好意。

白马继续驰骋，来到苹果树下。苹果树上硕果累累，红彤彤的苹果把树枝都压弯了。苹果树开口道："亲爱的姑娘，你摘苹果吧，随意摘，摘多少都行。没有你的好心，哪有这些果实，它们本就属于你。"玛林卡一个苹果也没摘，就继续上路了。

不一会儿，白马载着玛林卡回到了她的家中。进了院子，白马突然消失了。小狗神奇地出现了，兴奋地叫喊着："汪汪汪！主人回来了，我们的女主人带着金银回家了。"

母亲见玛林卡提着箱子带着狗回了家，勃然大怒。她随手抄起铲子，跑到院里打死了小狗。玛林卡为此伤心不已。

全村人都跑到了玛林卡家，众人见玛林卡离家一年归来只带着一只寻常的旧箱子。箱子一开，大家都惊呆了：箱子里装满了闪闪发光的金银，还有许许多多的漂亮衣服。那些衣服都是绸缎做的，略微一动就沙沙作响，简直跟王后的华服不相上下。母亲也吃惊不小，便对贝帕卡说："你看看，这个小妮子福气还不小，出去一趟就挣了许多钱，还有那么多漂亮衣服。不如你也出去闯闯，挣些钱，别像个烤土豆似的天天蹲在家里。"

贝帕卡也动了做帮佣发大财的心思，便学着玛林卡的样子带了一个大线团出门。线团同样将她带到了苹果树前，苹果树恳请道："亲爱的姑娘，麻烦您帮我刷刷树干吧！"

贝帕卡蹙着眉头，头也不回地跟着线团离开了，一路来到了水井边。水井被垃圾包围，脏乱不堪。

"善良的姑娘，麻烦你帮我清理清理垃圾吧！"水井言辞恳切。

"你说啥？帮你清理垃圾，脏死了，我才不！"贝帕卡高傲地摇了摇头，走了。

她跟着线团一路来到了炉子前，炉膛内满是烟灰和杂物。

"亲爱的姑娘，麻烦你帮我清一清垃圾，好吗？"炉子恳求道。

"你闭嘴吧，我才不会干这种脏活儿！"

贝帕卡觉得自己简直倒霉透了，一天下来，碰到的都是这些又脏又臭的破东西。她瞧瞧自己的双手，这手多么白嫩啊！她心里不禁感慨：这双手怎么能做这种粗活儿？

贝帕卡继续跟着线团前进，她走进森林，眼前有间十分漂亮的屋子，门外站着一个老太太。"您这儿缺帮佣吗？"贝帕卡凑上去，问道。

"正缺一个，你来了得帮我喂养猫狗。要把它们伺候好，否则它们可是会告状的。”

一入夜，那个老太太就消失了，屋里只有贝帕卡一人。她给自己做了一顿丰盛的晚餐，却没有给猫狗准备食物。小猫和小狗一直跟在她身后大叫。她气急败坏地拿起笤帚就打，最后实在没办法才给它们吃了些残羹冷炙。一连三日，无一例外。

第三日午夜时分，突然传来了敲窗的声音。贝帕卡害怕极了，便跳下床，向小猫咪和小狗问道：“喂，你们两个小东西，快告诉我，开不开门？”

小猫和小狗爱答不理地说道：“你天天给自己做好吃的，我们只有吃剩饭的份儿，你是问你自己吧！”

窗外的响声越来越大，越来越密。贝帕卡央求小猫和小狗指点她，可它们回答她的还是上面那句话。贝帕卡万般无奈，只能硬着头皮开了门，门一开女巫就闯了进来。她看都没看贝帕卡一眼，径直来到猫狗跟前。小猫和小狗的满腹怨气终于有了倾吐之处，便开始告状：“她只顾自己，天天吃香喝辣，我们只能吃剩饭。”

“竟然有这样胆大妄为的帮佣，你被解雇了，赶紧离开这儿，快走！等等，你过来一下，给你留点面子，我打算付给你一些报酬。”

女巫带贝帕卡来到储藏间，猫狗也紧随其后。女巫让她从储藏间的三只箱子里挑一只带走。

贝帕卡不知如何选择，便征询猫狗的意见。小猫小狗对她不理不睬，她便自作主张地挑了那只最好看的箱子。她费了九牛二虎之力搬起箱子扛在肩头，走出房间。门外照样站着一匹白马，贝帕卡想骑马回家，便对白马说：“白马，白马，箱子太沉了，我的腰都要压断了，你送我回家吧！”

“这有何难，你扔下箱子走回家，不就行了。”白马说罢，仰天长啸，便不见了。

贝帕卡没辙了，只能将箱子扛在肩上，朝家走去。她走啊走啊，饥肠辘辘。她来到炉子跟前。炉子里烤着蛋糕、面包，香气四溢。贝帕卡伸出手去拿面包，面包一下子就缩了回去。她再伸手去拿蛋糕，还是一样。

“炉子呀炉子，我要饿死了，求求你给我些面包吧，一个也行。”

“你目中无人，吃不到面包。”

贝帕卡什么也没吃到，只能饥肠辘辘地继续赶路。她饥饿难耐，疲惫不堪，汗流浃背，口干舌燥，站都站不稳了，心想：哪怕只能喝口水也好啊！这时，她看到了不远处的水井，甭提多开心了。她三步并做两步跑到井边。水井对她爱答不理的。

“水井啊水井，我渴极了，让我喝个够吧！”

水井没有给她一滴水。她只得扛着那只重重的箱子，拖着沉重的脚步继续向前走。她看到了苹果树，树上挂满了果实。她高兴极了，便伸手去摘树上的一个苹果，谁知这个苹果一缩，就没了。她将手伸向另一个苹果，结果还是一样。贝帕卡一无所获，只能靠咽唾液解渴。她的腿像灌了铅一样沉，再也走不动了。终于，她走到家了。突然有只狗蹿出来，冲她狂吠：“汪汪汪，懒丫头回家来了，懒丫头带着蝎子毒蛇回家了！”

母亲闻声而出，随手抄起叉子，叉死了可怜的狗。贝帕卡兴冲冲地搬着箱子来到屋内，箱子一开——天呀，满箱的蝎子毒蛇一拥而出，全都扑向了她。臭水不断从箱中涌出，贝帕卡被臭水淹死了。

木桶的故事

［保加利亚］

很久很久以前，有一个老人，他有五个儿子。去世之前，老人将他们全部叫来，说："孩子们，父亲不行了。临终之际，我想给你们讲个寓言故事，你们认真听，听完说说自己的看法。"

儿子们目不转睛地盯着父亲。父亲的眼神扫过每个孩子，便开口了：

"森林里有棵高大粗壮的橡树，树上挂满了果实。橡树的根部深深地扎在地下，不断汲取养分。狂风暴雨也奈何不了它。

"某天，森林里来了个樵夫。他一眼相中了这棵橡树，便撸起袖子挥斧砍去。太阳快要落山时，橡树终于倒下了。樵夫只砍下了所有树枝，拖着树枝到了木匠作坊，把树枝全都锯成木板，然后装上大车，拉走了。回家之后，他挑出几块木板做成一只木桶，用来盛酒。那酒是新酿造的气泡酒。主人每天都会用木桶装满酒，卖给附近有喜事的村民。日复一日，年复一年。

“后来，桶箍坏了，木桶不再密闭，里面的酒漏了个干净。桶太干了，木板都开裂了。主人没有及时换上新桶箍，木板便一一散落了。再后来，孩童们取下桶箍，当作圆环在大街上滚动玩耍。

女主人便把散落的木板和桶底当柴火烧了。这样一来，好端端的一只酒桶就没有了。我故事讲完了，你们现在都来说说自己的看法吧。”

兄弟五人经过一番冥思苦想，还是不懂父亲的用意。老父亲摇了摇头，说：“你们到底是年轻，听不懂这个故事。接下来我说的话，你们都听好了，记在心里：那棵橡树生长的森林就是我们伟大的祖国，她是永恒的；森林中的树木就是祖国的人民，人民也是永恒的。如果把木桶看作家庭，组成木桶的木板就是家庭的成员，桶箍将我们聚在一起，让家庭和睦，兄弟团结；桶里的酒就是生活中的幸福快乐。家庭和睦，兄弟团结，生活就幸福快乐。因此，孩子们，你们一定要爱护桶箍啊！”

老大听完，埋头亲吻父亲的手，说道：“父亲，谢谢您的教诲，我们必当铭记一生！”

两棵老松树

［芬兰］

芬兰北部有一片大森林，森林中树木繁茂，其中有两棵参天松树并排生长。它俩已经在这里许多许多年了，即便是白发苍苍的老人，也无法说清这两棵大松树幼苗时的模样。森林的边缘地带有一个小山岗，山岗上有一间茅草屋，茅草屋是一对农民夫妻的家。他们一贫如洗，只有两块小小的地，一块用来种粮食，一块用来种菜。农民夫妻靠山吃山，每每在寒冬伐木，然后卖到锯木厂，用那微薄的收入买些牛奶、牛油，以保障基本生活。

农民夫妻有一双儿女，儿子名为西尔维斯特，女儿名为西尔维娅。他们的名字也和这片森林有着千丝万缕的联系，在古拉丁语中，“西尔维”就是“森林”的意思。

某年寒冬，兄妹俩到森林中查看他们提前布好的捕网中有没有野兽或者飞禽。走近捕网，一看，果然有收获：一只兔子正在捕网内挣扎着，不断哀叫；还有只沙鸡，不断地扑棱着翅膀，时时哀鸣。

“放了我吧！”兔子和沙鸡见有人来，就立即求饶道。

兄妹俩倍感惊讶：兔子和沙鸡竟然会说人话！

“咱们把它们放了吧！”西尔维娅提议道。这对善良的兄妹就解开了捕网，放了兔子和沙鸡。兔子一出网，就撒腿向森林深处跑去；沙鸡一出网，就挥动着翅膀飞向天空。

“你们去找擎天柱吧，它无所不能，会对你们有求必应！”兔子边跑边向兄妹俩喊道。

“你们去找云婆吧，它无所不能，会对你们有求必应！”沙鸡边飞边向兄妹俩叫道。

喧闹过后，森林又恢复了往日的寂静。

西尔维斯特问道：“它们刚才说的擎天柱、抓云婆是谁？”

“这两个名字多奇怪呀！我从来没听说过，会是什么人呢？”西尔维娅也很纳闷。一阵寒风吹过，森林里的老松树的树顶吱吱作响。西尔维斯特从这响声中听出了端倪。他听见那棵老松树对它的老伙计说：“嘿，老伙计，你怎么还傲然耸立？怎么还坚持撑着天空？我总算明白这林子里的飞禽走兽为何都称你为‘擎天柱’了！”

“我就是要耸立在这林中，撑着天空！”另一棵松树开口道，“老太婆，你还不是一样，天天跟那些云朵斗个不停。难怪大家都称你为‘抓云婆’！”

“唉，年纪大了，不中用了！刚才那阵风生生把我头顶的树枝吹断了！岁月不饶人啊！”

“你怎么能这么讲话？不过区区三百五十岁！不过是个孩童，货真价实的孩童。我都三百八十岁了！”

森林中传来老松树深重的叹息声。后来，另一棵松树又说：“你听，寒风又吹来了，有风声做伴奏，歌声会动听许多。咱们一起唱首歌吧，追忆咱们的青春时代，有好多值得回忆的事呢！”

这两个老伙计在寒风的伴奏下，摇晃着身体，唱起歌来：“狂风肆虐，大雪纷飞，白雪棉被盖在身上，伴着呼呼风声，两个老家伙昏昏欲睡。梦中的我们回到青春时代：当时，我们多么年轻。春天，身旁一片绿草如茵，脚下的紫罗兰茂密繁盛。冬天，白雪将我们的针叶染得雪白；远处黑云滚滚，浩荡而来；暴风呼啸，树枝折断。在冰冻的土壤里，我们依然茁壮成长，即使经受百年风雨，我们也不曾卑躬屈膝，飓风又能奈我何！”

“是啊，值得回忆的青春年少时的事太多了！”年龄稍长的那棵松树说，然后它又提议，“咱们和下面那两人聊聊天吧！”它边说边抖动枝叶，似乎指了指兄妹俩。

“它俩要和咱们聊什么？”西尔维斯特小声道。

“哥哥，我看咱们还是赶紧回家吧！”西尔维娅附在哥哥耳边小声道，“我有点儿害怕，它们刚才唱的歌多奇怪呀！”

西尔维斯特说：“别怕，咱们听听。快看，父亲来了！”

妹妹顺着哥哥手指的方向望去，果然看到父亲肩扛斧头，从小径而来。父亲在这两棵老松树旁停下了脚步，说：“好大的树啊！我正好能用。”父亲说完便抡起斧头冲着那棵更老一些的松树砍去。兄妹俩见状，一把拦住父亲，西尔维斯特哭着对父亲说：“父亲，这是擎天柱啊，求您不要砍它！”

西尔维娅也帮腔：“是呀，父亲，这棵是抓云婆，也不能砍。它们已经很老很老了，您来之前，它们还唱歌给我俩听呢！”

父亲听完孩子的话，忍不住笑道：“小孩子真是异想天开，我怎么没听说大树还会唱歌？不过，看在你们开口求情的份上，就不砍它们了，我再找找别的树。”

父亲说罢，便向森林深处走去。兄妹俩继续留在原地，听两棵大松树聊天。不一会儿，风吹过磨坊，风车的风翼转动起来，磨石的火星朝四周迸出。风吹进森林，老松树的树枝又开始沙沙作响，风在老松树的身上弹奏着乐曲。过了一会儿，两棵老松树又聊起天来。

“刚刚是你俩救了我俩。为了报答你们，我们可以满足你们每人一个愿望，只要你们能说出来，我俩就能帮你们实现。”

人总是这样，往往不能在短时间内说出自己最想要什么。兄妹二人绞尽脑汁，也想不出来。后来，西尔维斯特说：“那就请你们让阳光更亮吧，不然我们看不清林中小径。”

西尔维娅接口道：“我的愿望是让春天到来，冰雪融化，森林中鸟语花香！”

老松树说：“真是两个傻孩子，你们的愿望可以更大一些。这样一来，就能名利双收，你们刚刚说的这些自然也就实现了。不过既然你们已经说出了愿望，那我们就得帮你们实现，但是，孩子们别担心，我们点子多着呢！西尔维斯特，你听好了：以后不论你身在何处，只要抬头望天，就会阳光灿烂；西尔维娅，以后不论你身处何地，只要开口说话，春天就会伴你左右，冰雪都会消融。”

兄妹俩听完，欢呼着：“这可比我俩原来的愿望好多了！敬爱的松树，非常感谢，咱们以后再会！”他们与松树告别后，就蹦蹦跳跳地回家了。

两棵老松树看着他们渐行渐远的身影，道：“再会，再会！”

西尔维斯特边走边回头，发现果然如老松树所言，不论他走到哪儿，总是阳光灿烂，太阳像金子一样闪闪发光。

“快看呀，太阳，太阳出来了！”西尔维娅惊喜地向哥哥叫道。

她一开口，四周冰雪消融，草木回春，云雀高歌。兄妹俩看到这景象，不禁欢呼：“生活多么美好，生活多么快乐！”

他们一路前行，阳光愈发温暖，树木小草愈发青翠。

“阳光照耀着我！”西尔维斯特跑进家时，情不自禁地喊道。

“阳光普照万物。”母亲纠正道。

“我能消融冰雪！”西尔维娅欢呼。

“人人都有这个本事。”母亲笑着说。

片刻之后，母亲发现了异常：已经入夜了，院中黑漆漆的，她家屋里却一片光明，直到西尔维斯特上床睡觉，合上眼，阳光才消失。

不过奇异之事远未结束，尚在寒冬时节，她家的小屋中却已春意融融，就连墙角的笤帚都泛起了绿意。

“孩儿他爹，你快看！家里净出些怪事，莫不是有人给俩孩子施了魔法？”妻子说道。

“天天脑子里想些什么！”丈夫嗔怪道，“告诉你，国王和王后巡视全国，明天就要亲临我城，咱们要不要带孩子们去见见世面？”

妻子说："我没意见，这种大人物难得亲临我城。"

次日清晨，天刚蒙蒙亮，他们一家四口就进城了。一路上，他们一直在谈论国王和王后，根本没注意到阳光一直在雪橇前为他们照亮前路，路旁的白桦树也不同寻常地开始发芽抽枝。

他们一家到达广场时，这里早已人头攒动。众人一边戚戚地望着大路，一边窃窃私语。听说，国王和王后不满国家被冰雪覆盖、寒冷荒凉的现状，准备严惩百姓。

说话间，国王和王后乘坐的马拉的雪橇从大路尽头驶来，众人心中一凛，静待事态发展。国王眉头紧蹙，令车夫在广场停下换马，王后则在一旁默默抽泣、跺脚。猛然间，国王抬头环顾四周，发出了爽朗的笑声，转头向着王后说："你看，阳光普照，暖意融融，这里不错！我的心情也不由自主地好起来了。"

"也许是早膳合口吧。不知怎的，我的心情也很好。"王后答道。

"难道是因为一夜安睡？不过这里的景致的确不错。我要在这儿建一座王宫。"国王道。

"嗯，一定要在这里建一座王宫。"王后十分赞同国王的意见，还补充道，"这里气候温和，虽是隆冬时节，却树木抽芽，暖意融融，简直像在五月里。真是令人难以置信！"这时，她已不再抽泣、跺脚。

其实，各位读者都明白，哪有什么可难以置信的，不过是因为西尔维斯特兄妹爬上篱笆想要一睹国王和王后的真容。西尔维斯特难免扭来扭去，阳光跟着他的方向，于是万物皆受普照；西尔维娅一直说个不停，一刻也不停，因此连古老的篱笆桩上都冒出了嫩芽。

王后注意到了篱笆桩上的兄妹俩，便问：“这两个孩子是谁？真是乖巧可爱，叫他们过来。”

兄妹俩哪里见过这样的大人物，觉得新鲜有趣，便壮着胆子走向国王和王后。

王后说：“你俩真是惹人怜爱，一看到你俩就觉得暖融融的，你们愿意随我们去宫中小住两天吗？宫里有天鹅绒、金丝线织就的华服，吃饭用的都是玉碗，喝茶用的都是银盏。”

“多谢国王和王后的美意，我和哥哥还是想留在父母身边。”西尔维娅答道。

“宫里没有亲朋好友，肯定会无聊的！”西尔维斯特补充道。

“那就把他们一起请来，住进宫中，怎么样？”王后颇有耐心，她今天心情不错，并没有因为有人反对自己的意见而动怒。

“不，它们去不了的。”西尔维斯特兄妹异口同声地说，“它们是擎天柱和抓云婆，在森林里扎根生长。”

“小孩子真是异想天开！”国王和王后齐声道，又齐声笑了。

再往后，国王敕令工匠立即在此修建新王宫。

众人心生疑惑：国王和王后怎么如此宽厚仁爱？他们非但没有惩罚一人，还下令给每个人发了一枚金币，西尔维斯特兄妹还额外获赐一个王宫御制的大白面包。那面包巨大无比，得用四匹马拉的雪橇拉。

兄妹俩邀请广场上的人都来分享他们的大面包。众人吃饱后，居然还剩下一大块。他们家的小马费了好大力气才把这块面包拉回家。

回家途中，妻子悄声问丈夫：“国王和王后今日如此宽厚大度，你可知缘由？独独接见咱家的孩子，还邀请他们回宫同住，你可知为何？现在你再琢磨琢磨我昨天跟你说的话。”

丈夫道：“魔法之类的混账话，不过是些胡言乱语！”

妻子坚持道：“你好好想想，原先可曾见过树木在寒冬发芽？你就信我这回吧，咱家孩子定是被施了魔法！”

“真是头发长见识短！咱家孩子乖巧伶俐，惹人怜爱，别人多看两眼，有什么不对！”丈夫道。

确实是这么回事：不论兄妹二人去往何处，和谁聊天，那人都会感到暖意融融，愉悦舒畅。时间久了，众人也就习以为常了。如今，兄妹二人所到之处总是生机盎然，欢歌笑语；家的四周，原来的荒芜之地，现今都成了肥沃的田地、茂盛的草场；即便是寒冬时节，森林之中也有鸟儿歌唱。

后来，国王下令，委任西尔维斯特为王国护林大臣，委任西尔维娅为王国园艺大臣。

可以说，再没有哪个国王或哪个国家拥有这般如梦如幻的花园了——因为即使贵为国王，也不能驱使天上的太阳。西尔维斯特兄妹却有如此能耐，只要他们有意，太阳就会在他们身边，为他们照耀四方，他们的花园总是四季如春，让人心旷神怡。

数年后的寒冬时节，西尔维斯特兄妹重返森林，看望老友。森林之中，狂风肆虐，寒风在老松树的顶端呼啸着，老松树正伴着风声歌唱：“我俩仍旧傲然耸立，任雨雪飘零，任冰雪消融……两棵老松，两个老友，看银装素裹换成满眼青翠，看乌云翻滚，雨意浓浓，看鸟儿翩跹。我们的针叶多么浓密，多么新鲜，榆树、四棒树，徒有艳羡！寒冬掠走你们的树叶，暖春带来你们的绿衣！只有松树四季常青，深植厚土，直上青云！任狂风肆虐，两棵老松决不卑躬屈膝……”

一歌未竟，树干断裂，两棵老松轰然倒地。一棵老松的年龄定格在三百五十五，另一棵老松的年龄定格在三百八十五。最终，它们未能在肆虐的寒风中永远耸立下去，轰然倒下了。

西尔维斯特兄妹满含深情地轻抚两位老友那满是苔藓的灰色树干，柔声安慰。然后，周围冰雪消融，开出许多粉色的花。花儿越开越多，不一会儿工夫，就把两棵老松从上到下遮了个严严实实。

我已经许久没听到西尔维斯特兄妹的消息了，也许他们年事已高，满头花白。自然，让众人惧怕的国王和王后也早已与世长辞。我每每见到孩童，都有一种见到西尔维斯特兄妹的错觉，也许是老松树将那神奇的能力赐予了每一个孩子。除此之外，别无他解。

前一阵，在一个天气阴沉的日子，我碰到一男一女两个孩童。就在我碰到他们的时候，阴沉沉的天空露出了太阳，阳光洒向万物，行人阴郁的脸上也露出了笑容……

就在这时，隆冬时节突然温暖如春，窗台上的积雪渐渐消融，墙角的旧笤帚也泛起了绿意，古老的篱笆桩上开出了玫瑰花，百灵鸟在蔚蓝的天空中自由翱翔……

吉丽科果拉

[意大利]

从前有个商人，他有三个女儿。某天，商人要到外地做生意，临行时将女儿们叫来，说："我要出门了，你们在家好好的。我打算送你们每人一件礼物，你们想想，告诉我要什么。"

女儿们认真思考一番，对父亲说，她们想要些纺纱线，金线、银线、丝线都要。父亲如女儿所愿买回金线、银线和丝线，嘱咐她们乖乖在家等候，便上路了。

商人的小女儿名叫吉丽科果拉，在三个姑娘中最好看，因此招致两个姐姐的嫉妒。父亲一走，大女儿便抢先拿走金线，二女儿拿了银线，她们把最普通的丝线留给了小女儿吉丽科果拉。午餐过后，姐妹三人便在窗前坐下，纺起纱来。行人路过，总会端详一下三位姑娘，最后，众人的目光总是无一例外地落在三女儿身上。夜幕降临，月至中天，月亮透过窗户望了三位姑娘一眼，说道：

纺金线的姑娘多标致，

纺银线的姑娘也标致，

纺丝线的姑娘最标致。

标致的姑娘们，做个好梦。

两位姐姐听了月亮的话，气不打一处来，决定要换线。

次日，她们让吉丽科果拉用银线纺纱。用罢晚餐，姐妹三人再次坐在窗前，纺起纱来。夜幕降临，月亮升起，说道：

纺金线的姑娘多标致，

纺丝线的姑娘也标致，

纺银线的姑娘最标致。

标致的姑娘们，做个好梦。

两个姐姐气急败坏，不禁对吉丽科果拉恶语相向，吉丽科果拉弱小可怜，除了默默忍受，别无他法。第三日下午，姐妹三人继续坐在窗前纺起纱来，这回两位姐姐让小妹妹用金线纺纱，想看看月亮还有什么说法。夜幕降临，月亮升起，说道：

纺银线的姑娘多标致，
纺丝线的姑娘也标致，
纺金线的姑娘最标致。
标致的姑娘们，做个好梦。

听后，两个姐姐越发嫉妒，一看见吉丽科果拉就气不打一处来，于是狠心将她推进粮仓锁起来。弱小可怜的吉丽科果拉只能在粮仓中默默抽泣。夜幕降临，月亮升起，月光照进粮仓。月亮对吉丽科果拉说："可怜的姑娘，随我来吧！"月亮说罢，便拉着她走了。

第四日下午，两位姐姐坐在窗前纺起纱来。夜幕降临，月亮升起，说道：

纺金线的姑娘多标致，
纺银线的姑娘也标致，
在我家的姑娘最标致。
标致的姑娘们，做个好梦。

月亮话音未落，姐姐们就奔向粮仓，去查看吉丽科果拉是否还在。吉丽科果拉果然不在粮仓里。两位姐姐找到女巫占卜小妹妹的踪迹。女巫告诉两位姐姐，吉丽科果拉正在月亮家享清福呢！

"怎么能让她永远消失？"姐姐们急不可耐地询问女巫。

"交给我吧。"女巫说。这天，月亮出门了。月亮对吉丽科果拉说：

"千万不要给陌生人开门。"月亮刚走，女巫就穿着吉卜赛服装，站到月亮家的窗下，开始叫卖。

吉丽科果拉来到窗前，女巫引诱道："多漂亮的簪子啊！小姐来一支吧，物美价廉啊！"

吉丽科果拉看那簪子精巧漂亮，喜欢极了，便将女巫请进屋里。女巫一进屋，就说："美丽的姑娘，我先给你试戴一下吧！"未待吉丽科果拉开口，女巫便把簪子插在了她的头上。簪子刚一插到头上，吉丽科果拉就石化成一尊雕像。女巫急忙赶回去向吉丽科果拉的两位姐姐报告消息。

月亮在空中转足一圈，回到家中，发现吉丽科果拉竟然成了一尊雕像，便说："你忘了我嘱咐你的话了，任谁敲门也不能开。你不听忠告，这下自食恶果了吧！"月亮嘴上虽这样说，还是动了恻隐之心，将簪子从吉丽科果拉的头上取了下来。簪子一拔，吉丽科果拉又恢复了原样，行动自如。这次她发誓再不给任何人开门。

不久，两位姐姐再次找到女巫，确认小妹妹是不是永不复活。女巫翻了翻她的魔法书，告诉她俩，不知出了什么岔子，她们的小妹妹已然复活了。两位姐姐一定要置小妹妹于死地，便再次央求女巫。于是，女巫再次出现在吉丽科果拉的窗下，这回她带了满满一箱梳子。

吉丽科果拉见到梳子，喜欢极了，便将月亮的忠告抛到了脑后，再次迎女巫进门。梳子刚一碰到她的秀发，她便再次石化成一尊雕像。女巫急忙赶回去向吉丽科果拉的两位姐姐报告消息。

月亮回到家中，发现吉丽科果拉再度变成雕像，非常生气。待怒火退去后，月亮再度动了恻隐之心，取下了吉丽科果拉头上的梳子。吉丽科果拉再度复活。“再不听劝，休怪我无情！”月亮佯装盛怒道。吉丽科果拉发誓一定听从月亮的忠告。

可是，两位姐姐和女巫怎会就此罢手！这回，女巫又拿着一件精美绝伦的衣服，来到吉丽科果拉窗前。吉丽科果拉多喜欢这件衣服啊！她想：穿上试一下，总不会有事吧！结果，正如大家所料，衣服刚一上身，她第三次石化成一尊雕像。月亮不再同情她，以三分钱的价格将她卖给了一位清扫烟囱的杂役。

杂役将这尊美得不可方物的雕像绑在驴鞍上，在城中溜达。王子对雕像一见倾心，便斥重金买回，放在自己的宫殿里，日日凝视。王子为了独赏雕像，每次出门前，都会锁好门。某次，公主们要去参加一个盛大的舞会，便想做件和雕像身上一模一样的衣服。她们偷偷配了钥匙，趁着王子外出，进入王子的宫殿，将雕像身上的那件衣服脱了下来。

那件衣服一脱，吉丽科果拉抖抖胳膊，蹬蹬腿，伸个懒腰，再度复活。看到这一幕，公主们惊得目瞪口呆。吉丽科果拉将事情的来龙去脉娓娓道来。于是，公主们将吉丽科果拉藏在门后，静待王子回宫。王子回到宫殿，发现没了雕像的踪影，伤心欲绝。这个时候，吉丽科果拉从门后款款而出，将一切如实相告。王子牵着吉丽科果拉的手觐见国王和王后，并说要和吉丽科果拉结成良缘。国王为他俩举办了盛大的婚礼。女巫将吉丽科果拉与王子结婚的消息告知她的两位姐姐，两位姐姐竟急火攻心，一命呜呼了！

坚湖上的老鼠

［瑞士］

在好多个世纪以前，一场大雨降临坚湖地区，坚湖两岸的土地全都被雨水淹没。暴雨异常猛烈，洪流不仅冲毁了庄稼，而且毁坏了很大一部分耕地，就连成片的松林都被洪水淹没，简直如山崩地裂一般。

大雨过后，烈日当空，坚湖地区又遭遇了百年难遇的高温酷暑。农民无法耕种，只能眼巴巴地错过耕种时节。冬季来临，众人又得忙着将冲进河谷的沃土运回。

整整一年，颗粒无收，人们就再没有什么可以充饥的了，等待他们的便只有大饥荒。

那时，坚湖湖畔伫立着一座庞大的城堡。城堡四周高墙林立，护卫队日夜巡逻。这座名为滑塞尔堡的城堡，是富可敌国的庄园主古汀根爵爷的府邸。这位爵爷家中奴仆成群，在那群仆人中，有一位已过花甲之年的老婆婆。她从小看着爵爷长大，因此，她也是唯一有胆量直言爵爷过失的人。老婆婆听说方圆百里，已有几百个孩子因饥饿离世，大部分人都食不果腹，衣不蔽体，流离失所。她便

找到爵爷，劝道：“不管怎样，你都该伸出援手。你仓中存粮充实，府里的人五年都吃不完这些粮食，你只需拿出其中一半，便能救人于水火。当然，他们也不会白白吃你的粮食，等明年有了收成，他们自然会还你，你不会有任何损失。”

爵爷听罢，怒目切齿道：“什么时候轮到你来教训我，管好自己吧！我才不在乎那些只会吃饭的老鼠的死活，即使他们全死了，也会有别人来帮我干活。”

灾民之中不少人都与老婆婆沾亲带故，老婆婆想到自己也曾是爵爷口中“老鼠”的一员，便大受刺激。她想到亲人朋友都饿着肚子，自己也食不下咽，于是决心离开城堡。

当晚，老婆婆趁着夜色，从暗道出了城堡。是夜，微风拂面，湖水荡漾，夜色深沉，四周黑漆漆的。老婆婆走出百步，收住了脚，回望城堡，仿佛看到了满桌珍馐，看到了爵爷全家落座就餐。她气愤难当地向着湖边沙滩啐了一口，道：“恬不知耻的守财奴，再不会有人同情你！”

她曾对他视如己出，疼爱有加，而今却徒留憎恶。

老婆婆朝着最近的村子走去。她进入一间间陋室破房，将自己篮子里的为数不多的吃食分给他们，然后说：“那个城堡里有许多粮食，我求爵爷开仓赈灾，他却不肯。不如咱们找几个母亲抱着嗷嗷待哺、气若游丝的孩子给他看看，或许能激起他的恻隐之心。”

于是，众人选出十二位母亲。次日清晨，母亲们抱着瘦骨嶙峋的孩子来到城堡前。爵爷见状，便放出护卫队和狗，将他们赶走，还喊道："难道你们想让我省下喂狗的粮食，给这些孩子吗？狗能忠心护院，你们的孩子能做些什么？"

十二位母亲返回后，将遭遇如实相告，其中几人忍不住流下了眼泪。众人皆目光凌厉，怒不可遏。老婆婆要求男人们悉数到场，开口道："若让孩子饿死在满是粮食的城堡之下，你们还算什么男人？"

老婆婆话音刚落，孩子的父兄叔伯纷纷抄起斧头、镰刀、木棒、叉子冲向城堡。他们虽然人数众多，但向来专心农事，根本不会打仗。经过数小时的激战，百余农民当场惨死，幸存者无奈之下退到了城堡边的一座谷仓。谷仓被城堡卫队团团围住。这时，一直在楼上观战的爵爷命令卫队在谷仓周遭堆满柴火。

"点火，烧死这些可恶的老鼠，即使烧不死，也要把他们熏死！我看以后谁还敢来我的城堡抢粮！"他恶狠狠地吼道。

卫兵们刚一堆好柴垛，队长便点燃了。木柴干燥易燃，顷刻之间，火光冲天，热浪滚滚。卫队士兵纷纷跑回城堡，躲在了厚重的石头墙后。黑烟伴着众人的呼喊叫骂之声滚滚而来。

"听啊，老鼠正吱吱乱叫呢！"爵爷狂妄地叫嚣着。

他一语未竟，不计其数的老鼠从火焰中冲出——这次冲出的是真正的老鼠。这些灰色的大老鼠数量众多，它们吱吱尖叫，汇成了灰色的波涛，汹涌奔腾。它们的眼睛像是成千上万个闪闪发亮的小钢球，它们的身躯汇成了一条毛茸茸的长河。这河先是朝着坚湖方向奔涌而去，后又分作两股，环绕城堡，呈合围之势。

爵爷急令弓箭手射箭，又令其他卫兵将油桶点燃，沿墙滚下。可老鼠实在太多，势不可挡。这些老鼠并没有像众人推测的那样沿墙而上，发动进攻，而是停在墙下，开始啃噬墙脚。锐利的牙齿和石头碰撞，发出拉锯般的声响，响声甚是刺耳。

它们一直啃啊，啃啊，没过多久，庞大的城堡便摇摇欲坠，斜向湖面，最后轰然倒塌，激起无尽浪潮。浪头向湖岸荡去，浇灭了谷仓四周的火墙。百姓一边喘息一边不断地咳嗽着从谷仓中逃出。那些灰色的老鼠将城堡摧毁之后，竟奇迹般地消失了，再也寻不到半点踪影。

自此之后，每当坚湖水面平缓如镜时，泛舟湖上，总能看到爵爷凶恶的身影，他正忙着在水藻和岩石中追寻自己的魂魄！

嵌满珠宝的靴子

［意大利］

从前有个人叫朱塞佩，生于商贾之家，他年少痛失双亲，和秀外慧中的妹妹相依为命。此人完成学业之后，便进入葡萄牙宫廷任职，因为写得一手好字，被国王钦定为书记官。

后来，经他之手誊写的几封信件辗转来到西班牙王宫，西班牙国王阅后夸赞道："瞧，多么精妙绝伦的书法啊！若此人能来我宫中效力就好了！"后来，他实在惜才，便给葡萄牙国王修书一封，内容如下：

敬阅来函，贵国书记官字迹之清晰，书法之精妙，寡人不胜艳羡！

敝国粗鄙，竟无人有此功力，因此冒昧致函国王陛下，望陛下以两国睦邻友好为念，成全本王爱才之心，将贵国书记官送给鄙国，鄙国上下必将永感陛下之慷慨！

两位国王都十分注重外交礼节，以免引起不必要的争端。尽管葡萄牙国王万分不舍，也不得不以邦交为念，令书记官即刻上路。

“陛下，我自是愿听候您的差遣，不过家中独留一妹，不知如何安置。”年轻人向国王诉说着自己的难处。

“朱塞佩先生，这个问题我也没有答案，但我知道，你得上路了。你的妹妹恪守礼节，大门不出，二门不迈，有女佣陪她就好，你安心去吧。”国王如是说。

朱塞佩只得恋恋不舍地与妹妹告别：“好妹妹啊，哥哥不得不离乡去国，应西班牙国王之命去做他的书记官。你安心在家，饮食起居自有女佣照料。等我安置妥帖，就回来接你到西班牙与我团聚。”

妹妹伤心不已，失声痛哭。哥哥急忙安慰道：“这样吧，我请画家为你我二人各画一像，咱们互相保存对方画像，这样即使远隔天涯，也如近在身边。”于是，他们便各存了对方的画像。

为迎接朱塞佩先生的到来，西班牙国王举办了盛大的宴会。还请他当场挥毫，以便欣赏他的绝妙书法。国王十分倚重朱塞佩先生，国家大事统统交由他处理，国王总是说：“拜托您了，朱塞佩先生。就交给您吧……您是我的左膀右臂，事事都处理得妥帖。”

西班牙的高官显贵都对他心生妒忌，侍卫队长、骑士、上一任书记官也都想尽办法诋毁他。一次，侍卫队长向国王进谗：“英明神武的国王陛下，您竟倚重这种人！我说的是朱塞佩先生，您对他推心置腹，眼睛里只有他的优点，根本不知道他背地里都和些什么人交好。”

“何出此言，细细道来！”

“国王陛下，这绝非臣凭空捏造。他一回住所，就会拿出一张画像，不停地端详、亲吻、哭泣，然后再小心翼翼地藏起来！”

国王心生疑虑，便趁朱塞佩亲吻画像之际突然驾临他的住所。国王问：“朱塞佩先生，是否方便告诉我画中人是谁？”

“陛下，画中人是我的妹妹。”

国王拿起画像，见那画中人容颜俊俏，便心生爱慕，难以自抑。朱塞佩见状，便将自家情况一一向国王禀明。

侍卫队长伴驾左右，因此也在现场。他一向视朱塞佩为肉中刺，扫了画像一眼，便信口道：“你们可知这画中之人？说来，我俩还算旧相识，有过交情。”

“你和我的妹妹是旧交？”朱塞佩声调提高了八度，“可是，我妹妹向来大门不出，二门不迈，从未见过外人。”

“可我的确与令妹有旧！”

“你说谎！”

他们两人你一言我一语地争个不休：“事实如此，你狡辩不得！”“绝无可能，你在撒谎！”“我说的都是实情！”

国王见状，开口道：“争吵解决不了问题。若你所言属实，确与朱塞佩先生之妹有旧，那么就拿出证据。一个月后，若证据确凿，我便将朱塞佩斩首示众；若拿不出证据，那就将你斩首示众。”国王对侍卫队长说。

君无戏言，国王说完，侍卫队长便踏上了寻证之旅。他来到巴勒莫，在那里四下打探与朱塞佩之妹有关的消息。众人都说她有倾国倾城的容貌，但谁也未曾亲眼见过，因为她总是大门不出，二门不迈。时光匆匆流走，侍卫队长自知命不久矣！某晚，正在他无计可施、冥思苦想之际，一个老太太走了过来，乞求道：“先生，给点吃的吧！可怜可怜我，我要饿死了！”

“快滚，老太婆！”

“求求您了，我会报答您的。”

“报答？怎么报答？”

“先生，只要您提出要求，我定会全力以赴。”

侍卫队长将自己的困境向老太太和盘托出。

“哎呀，这算什么难事。您放心吧，这事儿我去办，包您满意，证据即刻到手。”

当夜，雨如瓢泼，电闪雷鸣，风雨之中，夹着冰雹。老太太独自来到朱塞佩家门前，一边假意悲惨哭泣，一边装出瑟瑟发抖的模样。姑娘听到哭声，便令女佣梅丝金娜开门，扶老太太进来。

女佣开门后，老太太佝偻着身子和她一起进了门，边走边呻吟道：“咳咳，简直要冻死了！”

善良的姑娘将老太太扶到壁炉旁取暖，还让女佣为她备下晚餐。老太太却趁此机会一一察看了家中房间，还特意记下了姑娘卧室的位置。劳累了半夜，姑娘一上床便进入了梦乡。老太太瞅准时机，溜进姑娘卧室，将她的被子掀开，仔仔细细地察看了姑娘的全身上下。老太太看到姑娘右侧肩头长有三根如同金丝一般的汗毛，便将其剪下，用手绢包好。然后给姑娘盖好被子，蹑手蹑脚地回到客房。

第二天早上，她故伎重演，佝偻蜷缩，不断呻吟，还刻意咬着牙说：“天呀，我喘不上来气，我得走了，快开门呀！”

姑娘被她的叫喊声吵醒，便对女佣道：“让她走吧，这样下去，她无法安睡，咱们也难以成眠。”

侍卫队长正心神不宁，坐立不安。老太太将裹着汗毛的手绢交予他，他付给老太太一笔巨款，次日便乘船返回西班牙。

“陛下，这就是证据，它能说明我与朱塞佩之妹确为旧交——手绢之中是她右侧肩头的三根金色汗毛！”侍卫队长见到国王，便呈上了证据。

“怎么会这样？真是家门不幸啊！”朱塞佩羞愤难当，只得以手遮面。

“一月之期，若你拿不到反证，便只能将你斩首示众。来呀，把他押下去！”

卫兵遵照旨意带走书记官，将他投进监狱，一天只供给一块面包、一杯水。狱卒觉得这个犯人仁爱善良，便暗中再给他送些吃的。朱塞佩与妹妹断了联系，痛苦万分。某天，他附在狱卒耳畔苦苦哀求：“请您发发慈悲，帮我寄封信吧！是家信，给妹妹的。”

狱卒本来就是良善之人，便答应了他。朱塞佩将事情的原委在信中一一写明，便将信给了狱卒，狱卒接过信件即刻出发前去投寄。

妹妹已经许久没有收到哥哥的来信，她对近来之事一无所知，好不容易接到哥哥来信，便心急如焚地拆开来看。“天呀！可怜的哥哥！我们家怎么会遭受这种无妄之灾！”她痛心不已，但平复痛苦之后，便开始设法营救哥哥。

她将家中财物变卖一空，用全部所得买了珠宝。然后，找了一个技艺炉火纯青的首饰匠，让他帮忙做一只嵌满珠宝的靴子——她要把买来的所有珠宝都嵌在靴子上。后来，她又找到一个手艺精巧绝伦的裁缝，让他帮忙缝制一件黑色丧服。一切准备就绪，她便乘船向西班牙赶去。

刚一下船，她就听到阵阵哀号。她挤上前去，看到士兵正押着一个犯人向断头台走去，那男人的眼睛被布蒙着。众人的目光都被这身穿黑色丧服，一脚着袜，一脚蹬着缀满珠宝的靴子的姑娘吸引了。她挤进人群，大声呼喊道："开恩啊！陛下开恩啊！请陛下开恩！"

众人见她穿着丧服，知道必有异常，便纷纷为她让路。她的呼喊声传到了国王耳中。"停一下！去看看有何情况。"国王对士兵说。

"陛下开恩啊！请陛下开恩！有冤情啊，陛下！"

国王见是一个容貌秀丽的姑娘，便对她说："有何冤情，如实道来。我会为你做主。"

"陛下，您的侍卫队长与我寻欢之后，偷走了我一只靴子，和这只一样的靴子。"她边说边抬起脚，好让国王看清那只缀满珠宝的靴子。

国王惊诧不已，转身对侍卫队长呵斥道："没想到你竟会做出如此无耻之事！与这样美丽的女子寻欢之后，竟还偷走她的靴子！你还有何面目立于人前！"

侍卫队长不知是计，忙辩解说："陛下，我与这位小姐素昧平生啊！"

"您怎能矢口否认？要知道出口之言如同覆水，一经泼出便难以收回！"姑娘继续诱导道。

"我对天起誓，此生从未与你谋面！"

"那您怎么又说曾与我有旧情？"

“我何时说过？”

“您为了置家兄于死地，就欺骗国王说曾与他的妹妹有旧情！”姑娘当着国王的面，说出了真相。

侍卫队长自知犯了欺君之罪，只得认罪伏法。真相终于大白于天下，国王知道朱塞佩之妹是清白之身，便下令释放朱塞佩，让他继续伴驾左右。侍卫队长则被蒙上双眼，送上了断头台。朱塞佩兄妹悲喜交加，紧紧相拥。

“斩首示众！”国王一声令下，侍卫队长便人头落地。国王和朱塞佩兄妹一起回到宫中。国王见朱塞佩之妹容貌秀丽，聪明机警，胆识过人，后来便迎娶她做了王后。

博尔科与乌鸦之王

［波兰］

在波兹南有一座有名的市政大厦，即使算不上举世闻名，在波兹南也是闻名遐迩。外地人也有机会通过画作或者照片一睹它的真容。市政大厦巍然耸立，是波兹南最美的大厦，即使在波兰境内也屈指可数。它已在古市场傲然耸立六百余年，经历过伟大的雅盖隆时代，是古市场的荣光。

登上大厦上的高塔，全城景色可尽收眼底。塔楼的大钟底下，有一间小屋子，那个屋子已经存在许多年了，人们都称之为“市政大厦号手之家”。在历史上，高塔上的号手曾是城市的哨兵，他们夜以继日地守卫这座城市，确保它的安全。一旦看到哪里起了火，号手就会吹响警号，给市民报警，市民听到警报声便会前往救援。

许久许久以前，这里曾有一个尽忠职守的哨兵，他的名字叫普热姆科。普热姆科育有一子，取名博尔科。对博尔科而言，塔楼顶端的小走廊就是他童年的乐园。他每日都要在那儿驻足闲坐，一坐就是几个小时。他自塔顶走廊俯身望向地面，街上的行人都如小矮人一般；他抬头望天，天空中的云彩总是旖旎变幻，一会儿变成巨人，一

会儿变成飞马，一会儿变成巨龙。塔顶的钟声，日日敲响，在他听来就如密语一般：

滴——答，滴——答，滴——答，
过去如是，现在如是，未来如是！

接着便是雄浑的嘶吼：

当——当，当——当，当——当，
我为众人奔忙，我为众人奔忙，
当，当，当……

啊，站在高耸入云的市政大厦塔顶多么美妙！塔顶风景独好：这里的世界辽远阔大，与地上的世界迥然不同。博尔科自小便暗暗立誓：长大以后，也要如父亲那般，做市政大厦的号手。

有一天，博尔科像往常一样在塔楼顶端的走廊闲坐，用那双好奇的眼睛眺望四方。突然，有个黑黑的物件砸到他的脚下，他猛然一惊，但很快就恢复了平静——原来落下的是只乌鸦。乌鸦软绵绵地躺在地上，两只翅膀上满是鲜血，无力地耷拉着。

博尔科生性善良，热爱动物，心疼极了。他不假思索地将那只乌鸦捧在手里，十分轻柔地摸了摸乌鸦闪着亮光的头部，然后将它带回"市政大厦号手之家"，小心翼翼地清洗了乌鸦翅膀上的伤口，涂上药膏，用棉布包扎好，把它放在自己的小床旁边。

博尔科每天都将乌鸦带在身边，给予它无微不至的照料。数天之后，乌鸦伤口愈合，伤势好转，能稍微活动活动翅膀，博尔科喜不自胜。自此以后，乌鸦像只忠实的小狗一样，日日跟在博尔科身后。

一周之后，乌鸦完全康复。但某天夜里却发生了一件怪事：乌鸦径自飞到床上，用喙轻轻啄了啄博尔科的手背。

博尔科从梦中惊醒，眼前出现一道亮光。乌鸦站在亮光之中，顷刻间变成一个身披红色长袍、头戴金质王冠的小矮人。博尔科又惊又怕，一句话也说不出来。

"博尔科，你不要害怕！我是乌鸦之王，谢谢你救了我，不然我就没命了。城中有人用枪打中了我的翅膀。如果不是你大发慈悲，你精心照顾，我早就没命了。但现在我不得不离开你，回乌鸦王国去了。你的救命之恩我没齿难忘，只能用这件小小的礼物聊表谢意，再次感谢你的善良仁爱。"

乌鸦说完，便拿出一把很小很小的银号递给博尔科，并说："你只要登上塔顶，在塔顶四角朝着四个方向吹响银号，我便会来找你。你吹完耐心等待，我必会出现在你面前。再会吧，朋友！"

小矮人变回一只乌鸦，跳到窗台上，拍拍翅膀，与黑夜融为一体。

乌鸦离开后，博尔科悲伤不已，它是他最好的朋友、最棒的玩伴，他们早已心意相通，当然万分不舍。第二天，他翻箱倒柜，找到一条十分坚韧的带子。他将小银号系在带子上，挂在胸前，随身携带。

日复一日，年复一年，时光流转，博尔科长大了，他有勇有谋。他曾协助父亲在大厦上保卫城市，后来为了更好地保卫城市，他又专修军事，进入军队刻苦训练。

此时此刻的波兹南正处在水深火热之中：敌人侵袭，直逼波兹南城下，兵分几路同时攻城。波兹南人不屈不挠，团结一致自卫反击，博尔科在反击战中表现十分勇猛。然而，敌军过于强大，波兹南城朝不保夕。

妇孺老弱只得去教堂、主教官邸避难，城中成年男子坚守城门，他们虽然威武如狮，但还是不断牺牲。

博尔科见兄弟们不断就义，见自己的家乡就要落入敌手，焦急万分。情急之下，他猛地想起童年的小银号和乌鸦之王，乌鸦之王的话在耳边不断回响：“只要登上塔顶，在塔顶四角朝着四个方向吹响银号，我便会来找你。你吹完耐心等待，我必会出现在你面前！”

博尔科暗忖：现在全城百姓性命堪忧，整个城市危在旦夕，再没有比现在更需要援助的时刻了。小银号，将能量全部爆发出来吧！

博尔科转头对战友们喊道：“兄弟们，坚持住！千万别投降。我这就去寻找援军！胜利一定属于我们！坚持住啊！为了伟大的祖国，为了神圣的上帝！”他边喊边奔向市政大厦，飞也似的沿着旋转楼梯爬上大厦塔顶，摸出小银号在塔顶四角向四个方向用力吹着。

最后一丝号声也飘散在空中，博尔科屏气凝神，全神贯注，等待奇迹发生。此时此刻，大厦脚下，城门之侧，残酷的战争仍在继续，丝毫没有迹象表明会有人来支援。

博尔科焦急地等待着，每一秒都如同一个世纪般漫长。敌人已发起最后的进攻，喧嚣的呐喊渐渐成了胜利的欢呼——敌军已经突破了守军最后一道防线。

博尔科再也无法安心等待，他要去迎敌，好男儿宁可战死沙场，也绝不独自苟活。他转过身去，正要下楼，就在这时，他感觉衣角被拽了一下。他下意识地回头望去，吃了一惊——身披红色长袍，头戴金质王冠的乌鸦之王奇迹般地出现在他面前。

“我听见号声就来见你了。你别着急，援兵即刻就到。”乌鸦之王说完，拿出一个小金号吹了起来，那是在召唤乌鸦王国的战士。

天际忽然出现一团密云，黑压压的一片，风驰电掣般向城池扑来。原来那密云是由不计其数的乌鸦聚集而成，它们正朝城池飞来。

博尔科还未缓过神来，天空便轰隆作响，犹如雷鸣，不计其数的乌鸦鸣叫着，向敌军俯冲而下，用翅膀狠狠地抽打敌军面庞。

战势出乎意料地反转了，敌军把乌鸦军团当成魔鬼率领的地狱之兵，他们急忙扔了武器，抱头鼠窜。乌鸦军团不但没有减弱攻势，而且更加勇猛地追击，用尖锐的喙啄死、啄伤敌军无数。

博尔科目光如炬，一直密切关注这场神奇之战的进展。在乌鸦军团的猛烈攻势下，最后一个敌人倒下了。他这才如梦初醒，想向朋友致谢，乌鸦之王却没了踪影，它早神不知鬼不觉地离开了。

博尔科举目远眺，看见乌鸦之王率领乌鸦军团远去的背影。他立马摘下帽子，向着它们离去的方向高喊：“再会吧，乌鸦之王！感谢您的帮助！感谢这来之不易的胜利！”

战争胜利了，城中之人无不欢呼雀跃，他们将博尔科高高举起，巡游全城，以示感激。后来博尔科被推选为波兹南市市长。

为了纪念这来之不易的胜利，也为了表达对乌鸦军团的感激，市长下令，从即日起，每逢整点，波兹南市政大厦的号手都要吹响号角，吹号时要从塔顶四角向四个方向吹。吹号的传统一直延续至今，尽管小银号早已遗失，尽管乌鸦军团也不会再来。原来乌鸦大举来援之时，博尔科过于惊诧以致将小银号掉落，此后虽细细查找，却再也没能寻得小银号的踪迹。小银号虽失，但号声永响，至今仍日日可闻。

头长鲜花的人

［匈牙利］

很久以前，在大洋的岸边，有一个遥远的国家和一位国王。国王在王宫之中有一个御用浴室。某天清晨，国王起床后去浴室洗澡，却发现浴室水池中的洗澡水少得可怜。次日清晨，他再去浴室洗澡，发现水池里居然连一滴水都没有了，因此他未能洗成澡。他觉得，一定是用人偷奸耍滑，便将用人们狠狠地训了一顿。但是，用人们却口径一致地辩白，他们都会提前一晚备满洗澡水。

于是，国王下令，派士兵专职看守水池，保证水量。

但这也无济于事。第二天早上，水池依旧空空如也。

国王一计不成，又心生一计。他令人将等量的巴林卡酒替代清水倒入水池，以便查明真相。次日清晨，用人见一个英俊潇洒的骑士躺在水池中熟睡。那骑士面庞清秀俊美，可谓举世无双。他全身上下都开满了鲜花，连发梢都绽放无数娇艳的花朵。

用人们见此情形，便大声向国王回禀道："国王陛下，我们找到真凶了！那人满头鲜花，已经被控制住了！"

国王着急弄清真相，匆忙之中只穿了一只靴子，另一只脚光着。

用人将头上长满鲜花的骑士带到国王面前。国王问骑士："你是谁？"

"我是诸神之神！"头上长满鲜花的骑士镇定自若地回答。

用人们按照国王的指令，三下五除二将那人关进一间宽阔的地下室。按他的罪行，用不了多久，他就得接受惩罚。

仆人们将头上长满鲜花的骑士关进地下室时，恰巧被国王那个年仅十岁的小王子撞见。他悄悄跟着，想要一探究竟。小王子与诸神之神隔着栏杆对话。小王子说："天啊，您可真英俊啊！我多想就这样一直看着您。"

"放我出去，我就让你看个够。你快去房中找钥匙，若能找来，这顶满是鲜花的帽子就归你了！"诸神之神对小王子说。

骑士全身上下长满鲜花，帽子、衣服、鞋子无一例外。

小王子跑回宫中，每个人都在忙碌，根本没人注意他。他四下翻找，终于在柜顶找到钥匙。他将钥匙与木棍绑在一起，再将木棍伸进栏杆，终于将钥匙插进了锁孔，打开了地下室的大门。诸神之神十分感激他，便按照之前的约定让他看个够。小王子正看得入迷，诸神之神却神秘消失了，只有那根绑着钥匙的木棍还在原处。

没过多久，国王的大臣们到达地下室，他们要严惩骑士。虽然他们对这个头上长满鲜花的人充满好奇，但他竟敢在国王的御用浴池中洗澡，必须严惩不贷。一干人等气势汹汹地来到地下室，却发现地下室早已空空如也，只有小王子用过的绑钥匙的木棍还留在原处。

国王立刻明白是小王子私自放走了囚犯，他龙颜大怒，不肯再将小王子留在国内，便令车夫将他送到小王子的教父处严加管教。那里与这个国家相隔千里，是另一个不同的国度。小王子离开时，国王给他派了一名侍从，还赐予他许多金钱。

车夫备好吃食和一辆四驾马车，一行三人便向着那个陌生的遥远之地驶去。他们走啊走啊，越过本国边境之后，一个骇人的念头不断地在侍从脑中浮现，他准备杀死王子，然后取而代之。

他想拉车夫入伙，便高喊着令车夫停车。车子刚一停稳，他便拉着车夫走到一旁，将自己的计划和盘托出："杀死王子，你意下如何？王子死后，我便是王子，你便是随从，王子的钱便属于你我二人了。"

车夫思索片刻，道："可以一试。"

小王子听到了他们的计划，伤心害怕，哭着求他们饶自己一命，并答应给两人三百金币。

他俩犹豫再三，总算是放了王子一马。可是，走了没一会儿，侍从再次提议杀死王子。

小王子听到了他们的计划，只得再三请求他们饶命，并答应给两人六百金币。

两人犹豫再三，勉强答应，于是继续赶路。

驶过一段路程之后，已是傍晚时分，他们来到大河之畔，侍从再次提议说："必须痛下决心，将王子扔进水里。"

直到此时，小王子才真正弄清侍从定要置他于死地的原因。王子为求自保，只得主动提出让侍从替代他成为王子，车夫充当侍从，由他充当车夫。

侍从要王子立下终生保守这个秘密的誓言后，便同意了王子的方案。王子的华服被扒了下来，穿在侍从身上；车夫穿上了侍从的衣服；王子则穿上了车夫的衣服。

他们再度上路，一路颠簸，来到一个陌生的城镇，找到了当地国王的宫殿。他们在宫殿门口停车，侍从自称王子，车夫自称侍从，将货真价实的小王子当作车夫指派到马厩。

老国王大设宴席为自己的教子接风洗尘，宴席上还有乐队现场演奏。假王子和假侍从酒足饭饱之后，极尽享乐之能事，还想着以后要日日享乐。

日复一日，年复一年。老国王将假王子视如己出，热情款待；假王子也尽情享受着本该属于小王子的一切。

在此期间，沦为车夫的小王子始终尽职尽责，耐心细致地在马厩中劳作。每晚干完活儿后，他便会在门口闲坐吹笛。小王子的笛声婉转悠扬，深深吸引着深宫之中的老国王，他一再打听吹笛之人，想要见上一面。不过，每次假王子都搪塞道："不过是个奸猾狡诈之徒，一个彻头彻尾的骗子！我耻于和他为伍！"

他说完，就驾临马厩，勒令小王子别再吹笛，否则就给他点儿颜色瞧瞧。

小王子只能收起笛子，不再吹笛。但是，老国王实在喜欢那笛声，因此念念不忘吹笛之人。某天，老国王再度问起："吹笛的到底是谁？如今在做些什么？怎么每次召见，都不曾来？"

"尊敬的国王陛下，我看还是不见为好。他不过是个奸猾狡诈之

徒，平日里竟斗胆与国王相比，称自己能牵来颈系金绳的金牛犊，若牵不来，就上吊自杀。”假王子继续编造谎言。

老国王听后龙颜大怒，觉得此人骄傲自大，荒唐可笑。于是，老国王召他前来，说道：“你这个奸猾狡诈的狂徒，既然夸下海口，就去照做吧！速速牵来一头小金牛，否则，就上吊自杀吧！”

王子虽然十分为难，但别无他法，只得前去找金牛。他满腹忧愁，不停地走啊走啊，来到了大河之畔。王子万念俱灰，便想投河自尽。

他正要纵身跳下去，突然听见有人喊道：“不幸的家伙，你要做什么傻事？”

王子循声望去，看到一人站在岸边，那人天生异相，英俊非凡。

王子将自己因解救头上长满鲜花之人，被驱逐出国，落得如此境地之事原原本本地说了。那人开口问道：“难道你不记得我了？我就是诸神之神，你口中的头上长满鲜花的人啊！别犯傻了，我愿听你倾诉，快说说吧！”

王子将老国王的要求说了，诸神之神知道王子在为寻找小金牛烦恼，他拍了一下王子的脊背，王子瞬间便到了河对岸。他高声对王子说，只要一直向前走，便会看到一座宫殿，宫殿门口就有王子要找的东西。

王子依言而行，果然在宫殿门口找到一头颈系金绳的小金牛。王子解下金绳，牵着小金牛径直回到王宫，向老国王复命道：“尊敬的国王陛下，您要的小金牛我找来了。”

老国王见到小金牛非常开心："好孩子，真是太感谢你了。我会邀请你参加宴会。"

王子静静等待老国王的邀请，可是，假王子从中作梗，不让他收到老国王的请柬。

某一天晚上，王子忘记了假王子不许他吹笛的命令，不由自主地摸出笛子，吹了起来。老国王听见笛声，便令假王子带吹笛之人觐见。假王子来到马厩，将真王子痛打一顿，让他别再吹笛，否则他将性命不保。

假王子向国王复命道："尊敬的国王陛下，那个骄傲自大的家伙拒不应召，还口出狂言，说既能牵来小金牛，牵来母金牛也不在话下，还大不敬地说自己比您高明。"

老国王怒火中烧，召来王子，令他牵头母金牛来。

王子虽百般无奈，但也只得去寻找母金牛。他再次来到大河之畔，谁知那个头上长满鲜花之人早已等候多时。见他过来，便开口道："王子莫急，一切都已准备就绪。您只管往前走，到上次的宫殿门口，自然有您要找的东西。"

王子到达宫殿门口，果然看到一头母金牛正拴在那儿，王子便牵着母金牛回来复命。

"尊敬的国王陛下，您要的母金牛，我牵来了。"小王子开口道。

"好孩子，真是太感谢你了。我会派人接你来参加宴会。"

又是一场漫长的等待，王子痴痴恭候老国王的邀约。

一天晚上，王子再次坐在马厩前吹起笛子。假王子再度驾临，将真王子毒打一顿，威胁他不准吹笛。

假王子再次觐见国王，谎称真王子说他能牵来公金牛。

老国王再度召见王子，令他牵来公金牛。

王子再度惶惶不安地来到大河之畔，那个头上长满鲜花的人早已在此恭候。王子将事情的原委如实相告，那个头上长满鲜花的人说："没事儿，不要着急。您的救命之恩，我会涌泉相报。"

他不光给了王子公金牛，还将王子带回自己的宫殿，给他换上华服，还赠给他一对鸽子。两只鸽子，一边一只站在王子两个肩头。诸神之神对王子说："你立即出发，前往老国王的宫殿。那里正举办盛大的宴会，你可在宾客之中落座，待奏乐完毕，便大声宣布：'烦请诸位静听，让这两只鸽子如实相告！'"

王子依言而行，来到老国王的宫殿，将公金牛拴在宫殿门口的廊柱上，径直进了王宫。那里果然正在举行一场盛大的宴会，王子鼓足勇气来到大殿。奏乐完毕，他让大家安静，听鸽子讲讲自己遭受的千古奇冤。他则站在一旁，静观事态发展。

两只鸽子你一言我一语，如实讲述了王子的不幸遭遇。它们从王子勇救那个头上长满鲜花的人说起，将王子被驱逐出宫，侍从和车夫设计谋害王子，王子为求自保无奈同意假装车夫之事一一如实讲出。随从和车夫知道大事不妙，便想开溜，但是被老国王逮住关进了大牢。

老国王走下宝座，紧紧拥抱王子，并亲吻了他。此后不久，在老国王的主持下，王子迎娶公主为妻，两人举办了盛大的婚礼。

阿基姆奇遇记

［阿尔巴尼亚］

古时候，在某个村庄里，有一对很穷的老夫妻。他们最爱的就是他们唯一的儿子，名叫阿基姆。

离他们村庄不是很远的地方有一座玻璃山。这座山啊，老高老高，没有可以上去的路——既没有可以通车马的大路，也没有人能够步行的小路。谁也不知道怎么爬上这座山，因此谁也不知道这座山上是什么样子。

有一次，阿基姆到市场去。在市场上，很多人挤在一起，听国王的传令官讲话。

传令官大声叫喊道：

“喂，胆大的人站出来，坐在秋千上，然后我们荡起秋千，把这个胆大的人抛上玻璃山！”

大家站在传令官的周围听着，都忐忑不安，害怕被抛上玻璃山去。这时阿基姆自告奋勇地走出来，说道：

“把我抛到玻璃山上去吧。”

这孩子坐上秋千，大家使劲地荡起秋千，把他抛到玻璃山上去了。于是大家就在下面大声叫喊道：

“喂，那儿有什么啊？你说！”

阿基姆看了看，这儿有珍珠、银子、宝石，多得数不尽。

他就大声地回答：

“有珍珠、银子、宝石啊！”

市场上的商人们一听到这话，马上锁上店铺，奔到山脚下，撩起衣服的下摆，大声叫喊道：

“喂，小伙子，丢下来吧！”

阿基姆就开始把金银财宝大把地丢给他们。他丢下去那么多，商人们都搬不动了。

“好了，现在够啦！”阿基姆叫喊道，“放我下去吧！”

可是商人们的眼都红了。

“等一等！”他们大声叫喊道，“让我们先把这些金银财宝拿回家去，再带着大车回来。你再给我们丢满一大车，那时我们就放你下山了。你坐着吧，山上不是蛮好玩儿嘛！”

阿基姆知道，他们不会很快放他下山。没法子，他只好自己想办法来解决这件倒霉的事

情。他开始寻找，看看是否能找到下山的小路。他忽然发现了一个山洞，就钻进山洞，穿过这个山洞，不知不觉就走到森林里的一片空地上。他看见空地上有一个好大的羊圈，这个羊圈很脏，好像没有打扫过，里面也没有水。

这个羊圈，可以养上三百只山羊。

阿基姆就动手收拾羊圈。他扫啊，刷啊，打扫干净之后，就在一丛野玫瑰旁边躺下睡了。

到了傍晚，羊群回来了。走在前面的，是一头三只眼睛的公山羊。山羊们看见羊圈干干净净，都奇怪地说道：

“是谁给了我们这种荣幸啊？要知道，我们的主人是个盲人哩！”

第二天早晨，三只眼睛的公山羊让一只山羊留在家里，吩咐它留神看着，看是谁来打扫羊圈的。接着羊群走开了，只有这只山羊留了下来。它站在羊圈里，等啊等啊，就想吃东西了。它走出羊圈，在灌木林里啃了一阵树叶，而阿基姆就在这时候打扫了羊圈。

傍晚羊群回来的时候，公山羊问道：

“喂，是谁把羊圈打扫干净的，看见了吗？”

“没有，什么也没有看见。我出去啃了一会儿树叶，回来的时候，羊圈已经被打扫得干干净净了。”

公山羊很生气，把这只山羊赶走了。到了第三天早晨，它吩咐另一只山羊守在羊圈里，好好守着，哪儿也别去，看是谁来打扫羊圈的。山羊们都去吃草了，只有这只山羊留下来，站在羊圈里哪儿也不去，在那守着。它等啊等啊，打起瞌睡了，阿基姆就在这时候打扫了羊圈。

羊群回来的时候，公山羊问道：

“喂，是谁把羊圈打扫干净的，看见了吗？”

“什么也没有看见。”山羊说道。

“为什么？大概你也去啃树叶了吧？”

“没有，我打瞌睡了。等我醒过来，羊圈已经被打扫得干干净净了。”

公山羊很生气，把这只山羊也赶走了。

第四天早晨，它命令所有的山羊去吃草，自己留下来。公山羊站在羊圈里，等啊等啊，就打起瞌睡来了。可是它只把两只眼睛闭上，第三只眼睛没有闭上。阿基姆刚从灌木林里走出来，公山羊马上发现了他，就拉住他问道：

“快回答，你是谁，是人还是妖精？”

“我是人，不是妖精。”阿基姆回答。

“既然这样，去见我们的主人，他是位老大爷。”

公山羊把阿基姆带到老大爷那儿去。阿基姆就帮助老大爷料理家务，到了早晨，他说道：

“老大爷，今天我去放羊。”

“好吧，孩子，”老大爷回答道，“不过你得当心，别把羊群赶到黑崖那儿去。那儿有一个出奇美丽的女妖精。”

阿基姆把山羊赶往牧场。虽然老大爷禁止过，但他还是把羊群赶到黑崖那儿去了。山羊在吃草，阿基姆坐在一块石头上，掏出芦笛，开始吹奏起来。他是一个了不起的芦笛吹奏能手。女妖精听到他的笛声，从山里走出来，说道：

“你吹得真好，人类的孩子！让我来跟你比赛吧，你吹奏我跳舞——谁要是先累了，就做另一个人的奴仆。”

于是阿基姆吹了一整天芦笛，女妖精就跳了一整天舞。他们一直比赛到傍晚，可是谁也没有获胜。黄昏的时候，阿基姆把山羊吆喝到一起，回家去了。

“哎呀，孩子，”老大爷说道，“你回来晚了点啦！我想你是把山羊赶到黑崖那儿去了吧。”

阿基姆一声不吭，什么也没有对老头儿说。

第二天早晨，老头儿又嘱咐他道：

“孩子，别把山羊赶到黑崖那儿去，我的眼睛就是在那儿失明的。”

阿基姆答应不上那儿去，可他后来还是把羊群赶到那儿去了。他坐在那块石头上，掏出芦笛，开始吹奏起来。女妖精走到他面前，又提议说：

“你吹奏，我来跳舞！”

他们就这样一直比赛到傍晚，可是谁也没有获胜。

阿基姆赶着山羊回到家里，老头儿又说道：

“孩子，你打牧场上回来得晚啦。我想你是把山羊赶到黑崖那儿去了吧。”

阿基姆又是一声不吭。

第三天早晨，老头儿嘱咐他说道：

“别把山羊赶到黑崖那儿去，那个女妖精，就是在那儿挖掉我的眼睛的。”

这次，阿基姆还没把山羊赶到黑崖那儿，女妖精就已经在那儿等着他了。

“唔，怎么样，”她说道，“人类的孩子，你还要吹奏吗？”

“为什么不吹奏？”阿基姆回答道，“我吹奏，你来跳舞。”

于是他们重新开始比赛。阿基姆一直吹奏到傍晚，女妖精也一直跳到傍晚。天色已经全黑下来了，女妖精停止跳舞，说道：

“唉，我累了，让我喘一口气吧！”于是她就跌倒在地上。

阿基姆立刻抓住她，把她绑在一棵松树上，接着就吆喝山羊，准备把它们赶回家。

女妖精恳求阿基姆道：

“解开我吧，人类的孩子，放了我吧！”

“好，”阿基姆说道，“我解开你，不过首先你得告诉我，你把老大爷的两只眼睛放在哪儿了？”

女妖精回答他道：

“你放了我，我才说。”

阿基姆不相信她的话。“回家去，”他对山羊们说道，“让她在这棵松树下面饿死吧。”

女妖精害怕起来，就告诉阿基姆，她把老头儿的眼睛丢到一座难以攀登的山崖上去了。阿基姆爬上这座山崖，找到了老头儿的眼睛，又重新吆喝山羊，叫它们回家。女妖精马上哀求道：

“别走，人类的孩子，把我放掉吧！”

阿基姆回答道：

“你说，怎样才能让老大爷重见光明，老实告诉我，别撒谎，我就放掉你。”

“天刚亮的时候，”女妖精说道，“把老头儿从屋里领出来，让他对着太阳站着，太阳一升上来，阳光就能直射着他的双眼。这时你拿起眼睛，放到老大爷的眼窝里去，它们就会长上去了。”

阿基姆放开女妖精，把山羊集合起来，回家去了。

阿基姆回来得这么晚，老大爷又在担心。他再三问阿基姆是不是把山羊赶到黑崖那儿去了。阿基姆说他没有到那儿去。到了第二天早晨，天刚亮，他对老头儿说道：

“走吧，老大爷，让我们到院子里去，在太阳底下站一会儿。”

太阳一升上来，阿基姆就把老大爷的身子转过来面向太阳，照着女妖精教他做的方法做了：他拿起眼睛，把它们放回老头儿的眼窝里。

“唔，老大爷，现在看得见了吗？”阿基姆问道。

等到老头儿重获光明，阿基姆才承认，他曾经把羊群赶到黑崖那儿去，也讲了在那儿发生的全部事情。老头儿高兴得哭起来。

第二天早晨老头儿出去放羊，把阿基姆叫到跟前，掏出一串钥匙，说道：

“喏，你拿着，孩子，这是打开房间的十一把钥匙，第十二把钥匙我自己保管着，你还年轻，别闹出乱子来！”

阿基姆仔细观看了整个屋子，发现各个房间里面都有许多金银珠宝和绫罗绸缎，有华丽的衣裳，有银家具，在一个房间里面还有一匹雄壮的神马。可是阿基姆怎么都定不下心来——他想得到第十二把钥匙，打开那个神秘的房间。他开始恳求老头儿：“把那第十二把钥匙给我吧。”老头儿没有给他。

“你年轻，孩子，”老头儿反复地说道，“你会犯错的，你会惹出祸来的。”

阿基姆沉默了一两天，又向老头儿恳求。老头儿一开始坚持不给，可是最后实在受不了阿基姆的软磨硬泡，叹了口气，交出了第十二把钥匙。阿基姆开了门，看见这个房间中央有一个水池。阿基姆就躲在门后，等着看这个房间里到底隐藏着什么秘密。忽然，从屋顶飞下来三个美女——三个大地的美女，她们脱掉衣裳，就跳进水池中泼水嬉戏。一会儿，她们慌忙起来，说道：

“快点，快点，姐妹们，要不人类会看见我们在这儿嬉水啦！”她们说着，穿起衣裳就飞走了。

过了一个星期，在同一个时间，三个美女又飞来了，她们脱掉衣裳，跳进水池中泼起水来，然后又匆忙地飞走，生怕人类看到她们。

到了第三次，当美女们刚开始洗澡时，阿基姆一伸手就拿走了最年轻的那个大地的美女的银腰带。美女们从水里出来，两个穿好衣裳飞走了，第三个却转来转去寻找腰带。这时候，阿基姆牵来神马，并毫不迟疑地给那匹雄壮的神马加上鞍子，再把大地的美女扶上鞍，让她坐在自己的前面，马便带着他们离开了这个房间。只是当马从院子里出来的时候，老头儿听见了马蹄落在地上的声音，他说道：

“唉，孩子，孩子，我警告过你，我说过你会犯错的。好吧，现在事情已经不可挽回了。不过你得记住一件事，你要是遭了难，就上我这儿来。我会搭救你的！”

神马带着阿基姆和大地的美女离开玻璃山，飞奔而去，一直跑到阿基姆的家乡，跑到阿基姆的父母那儿去。阿基姆把腰带交给母亲，再三嘱咐把它锁在箱子里，不要拿给大地的美女。

“你要是把腰带交给她，”他说道，“一眨眼我就要看不见我的未婚妻了，我们就留不住她了。”

从那时起，老头儿、老太婆、阿基姆和他正式订了婚的未婚妻——大地的美女就在一起过日子。

这样过了好几年，阿基姆由一个少年变成了一个漂亮的青年。到了该办喜事的时候，大地的美女不断地跟她的婆婆说："快把我的银腰带交给我吧，不然女人们来参加婚礼前的晚会，都打扮得漂漂亮亮的，我不就比不上别人了吗？"

老太婆可怜她，心里想：得啦，让她开心一会儿吧！她能走到哪儿去？我把所有窗户、门都关上，看她怎么逃。老太婆这么想，也就这么做了。大地的美女系上自己的银腰带，就变得更加美丽。晚会上，女人们来了，大家都劝她：

"跳个舞吧，大地的美女，向我们表演一下你的舞艺吧！"

"我不会跳舞，"她说道，"但我会飞。"

女人们都觉得奇怪，于是说："那好啊，跳舞吧！"

大地的美女挥舞了一下腰带，盘旋上升到天花板附近，然后飞进屋顶上的烟囱里，从上面向她的婆婆叫喊：

"别生气，妈妈，我没有得到自己的姐妹们和弟兄们的同意，不能嫁给你的儿子！请你把我的这只戒指交给他，并且对他说，别忘掉自己的未婚妻！"她一边说着，一边把戒指扔给老太婆，一会儿就不见了。

阿基姆回到家里，看见母亲满面愁容，可是没有看见未婚妻。他明白发生了不幸的事情，就问道：

"为什么难过，妈妈？"

"你的未婚妻飞走了。"母亲回答道。

接着她把事情的全部经过讲给他听，懊悔没有听他的话。

阿基姆给他的神马加上鞍子，一转眼，神马就带着他飞奔到玻璃山，直奔老头儿的家里。老头儿见到阿基姆来了，高兴地拥抱他、吻他，说：

“唔，你说，发生了什么不幸的事，让我来想一下，我怎样才能帮助你。”

阿基姆讲了事情的全部经过，问道：

“告诉我，老大爷，从我带走大地的美女那天起，她的姐妹们到这儿来洗过澡吗？”

“没有，孩子，从你把她们吓坏了的那天起，她们再也没有来过啦。”

“告诉我，老大爷，她们住在哪儿？”

“不知道，孩子。不过我可以给你出个主意：你到我的哥哥那儿去。我在世上才活了一百岁，他却活了两百岁，他比我知道得多。”

老头儿告诉他到哪儿去找他的哥哥。阿基姆道了谢，跨上马，马就带他飞奔到两百岁的老头儿那儿去。两百岁的老头儿听了他的话，摇了摇头，说：

“小伙子，我也没什么方法告诉你。你到我的哥哥那儿去吧。我在世上总共才活了两百岁，他却活了三百岁。也许，他能给你出个主意。”

阿基姆感谢了老头儿，跨上马，马就带着他飞奔到三百岁的老头儿那儿去。

“无论如何，”阿基姆说，“劳您的驾，帮我个忙吧。”

三百岁的老头儿听完他的一番话，沉思了一会儿，说道：

“我不知道大地的美女的姐妹们住在哪儿，孩子。不过我却想起来，我小时候父亲曾经对我讲过，说离这儿不远有一眼泉，大地的美女姐妹们就从这个泉里打水。你骑着你的这匹神马，跑三天三夜就会到达的！”

阿基姆谢过老头儿，跨上马，马就把他带到那眼泉那儿去了。阿基姆躲在灌木丛后面等候。忽然他看见一个少女拿着一只水罐，打小道上走过来。她打了水，正要往回走，阿基姆走出灌木丛问道：

“你是谁，美丽的姑娘？”

她回答道：

“我是最年长的大地的美女的女仆。”

“给我点水喝吧。”

“请随便喝吧。”

她把水罐递给他，阿基姆喝了几口水，道了谢。少女走了，他又躲到灌木丛后面。他看见另一个少女向泉水走过来。她打了水，正要转身离开泉水，阿基姆又走到她面前，同样问她道：

“你是谁，美丽的姑娘？”

“我是年纪在中间的大地的美女的女仆。”

小伙子又向她要水喝。少女给他喝了水就走了。阿基姆再次躲到灌木丛后面。他忽然看见第三个少女向泉水走过来。她打了水，他又走到她面前问道：

“你是谁，美丽的姑娘？”

“我是最年轻的大地的美女的女仆。”

阿基姆一听到这句话，就向她要点水喝，同时把未婚妻的戒指含在嘴里，当喝水的时候，他悄悄地把它吐到水罐里去。

少女回到家里，把水罐交给女主人。大地的美女喝水的时候，一眼就看见自己的戒指在水罐里面。她明白是谁来找她了，于是就告诉了两个姐姐。三个大地的美女一同走到泉水那儿，看见阿基姆，就说道：

“哎哟，小伙子，你不会活着离开这儿的，我们的兄弟们傍晚就要回家了，他们都是吃人的妖怪呢。让我们用魔法把你变一变吧。”

说完这些话，她们就拉住他的手，把他变成一个苹果。最年轻的大地的美女把苹果放进口袋，她们就回家了。晚上，十二个兄弟打猎回来了。他们都是吃人的妖怪。兄弟们走进屋里，闻了闻，说道：

“姐妹们，为什么这里有人的气味？”

“你们说什么，亲爱的兄弟？”三姐妹回答，“我们从哪儿弄来人啊！一定是你们尝了人肉的味道，于是觉得到处是人肉味了。要晓得，要是有人路过这儿，你们一定会把他吃掉的！”

“我们不吃。”兄弟们说。

三姐妹不相信他们的话，要他们起誓，如果在屋里发现了人，也绝不吃他。兄弟们拿高山和田野向她们起誓。三姐妹还是不相信这样的誓言。

“你们要拿自己的脑袋来起誓，”她们说道，“那我们便相信你们了。”

他们刚刚这样起了誓，三姐妹就让阿基姆变回原形。她们还告诉兄弟们，他是来向小妹妹求婚的。

“好吧，”妖怪们说道，“我们可以把小妹妹许配给他，不过得让我们看看他的力气和本领。要是我们看到他比我们更有力量、更加聪明，我们就把小妹妹许配给他。”

第二天早晨，妖怪们把阿基姆带到森林里去，说道：

“我们每个人要背起一捆木柴，把它运到家里。要是你背得比我们多，我们就把小妹妹许配给你。”

妖怪们开始把木柴一捆捆堆起来。阿基姆一看木柴堆都那么大，就害怕起来。他怎能搬得动那么多的木柴啊？于是他想了一个骗妖怪们的办法。他身边有一根绳索。他把绳索拴到林边的一棵树上，拉着绳索沿着森林走。

“你干什么啊，老弟？”妖怪们问他道。

“我不乐意一捆捆地背对木柴，”阿基姆回答道，“我要用绳子把整个森林捆起来，背到肩上，一下子运回家。”

“你说什么，你说什么？”妖怪们吃惊地说道，“不必啦！没有你，我们也会把木柴搬走的。如果把整个森林搬走，那么，附近的妖怪们都要抱怨我们了。”

妖怪们把木柴背到肩上，小伙子却在旁边轻松地走着，微笑着。妖怪们回到家里，对三姐妹说道：

“喂，姐妹们，他虽然是个人，但是他的力气比我们大得多，他想一下子把整个森林拖回家。”

第二天，妖怪们叫阿基姆去打泉水。他们每人拿一只巨大的水桶，阿基姆却随身带着一把锹和一把锄。

“你拿这些家伙干吗？”妖怪们问道。

“我不愿意每天拿水桶打水，白费力气，我要把整个泉搬到家里。”

“你说什么，你说什么，老弟？”妖怪们害怕地说道，“难道别的妖怪会允许吗？不，没有你，我们也会打水的。”

妖怪们回到家里，对三姐妹说道：

“他比我们聪明，他要把整个泉一股脑儿搬到这儿来。”

第三天，妖怪们喊小伙子一道去打猎。走进森林，他们碰到一只兔子。一个妖怪追兔子，把它捉住了。

“喂，”妖怪们说道，“让我们来看一看你怎样追兔子。”

接着他们又走到森林里的一片空地中的核桃树跟前。妖怪们指着树上高高挂着的核桃对阿基姆说道：

“老弟，你爬到树上把核桃摘下来，要是你不乐意爬到树上去摘，那你就把树弯下来吧。”

“我怎能把这样的大树弯下来啊？”阿基姆自言自语，“一定得爬。”

妖怪们想害死这个小伙子。小伙子刚刚爬到树顶上，他们便摇晃核桃树，差不多把核桃树一直弯到地上，然后又把它放开，想把阿基姆从树顶弹下来。阿基姆紧紧地抱住树枝。妖怪们一看，他们没有把阿基姆从树上摇晃下来，便喊道：

“喂，你下来追兔子吧！要是你捉到兔子，我们就把小妹妹许配给你！”说着，他们就放掉了兔子。

阿基姆怎么办呢？等他从树上爬下来，那兔子早就跑掉啦！阿基姆毫不迟疑，他在高高的树枝上荡了一下，跳到地上，也真凑巧，他一下掉到兔子身上。

妖怪们跑到他跟前，看到他捉住了兔子。

“嗬，小伙子！”他们说道，“小妹妹嫁给你这样的人，我们就不会惋惜啦。”

妖怪们回到家里，把小妹妹叫了出来，给了她许多金银财宝做嫁妆，让小妹和阿基姆一同骑马回家乡，去见阿基姆的双亲。

留贝察尔——数萝卜的精灵

［德国］

一

很久很久以前，在巨人山的深处有一个山神，他掌管着山里的全部财富，统治着一个地下王国。王国的居民都是矮小的精灵，他们都是优秀的铁匠。

有一次，山神离开地下王国，到地面上去看看。他在群山中信步，偶然往西列齐亚一望，看见了爱玛公主。山神对美丽的公主一见钟情，从此就日夜思念，决心要抢走公主。

一天，爱玛同女友一起去林中的小溪里洗澡，刚跳入水中，山神就用魔棍碰了一下水面，溪水突然翻腾起来，把公主卷到了地下王国。

公主到了地下王国富丽堂皇的宫殿里，山神可以满足她的任何要求，但公主还是因为见不到人而寂寞。

一次，山神拿来十二根萝卜和一根魔棍，对公主说："你只要用魔棍打一下萝卜，它就能变成你所想念的人！"

爱玛用魔棍打了一根萝卜一下，萝卜变成了她最想念的女友。

这下爱玛可高兴了，她又把九根萝卜变成了自己最要好的女友，把最后两根萝卜变成一只猫和一只狗。地下王国沉闷的王宫里开始有了生气，爱玛不再感到寂寞了，每天有说有笑，玩得很痛快。

过了几天，爱玛发现她的女友们精神萎靡，一天比一天苍老了，过了一个星期，她们不用拐杖简直不能走路，猫和狗也几乎走不动了。爱玛很伤心，就向山神诉苦。

山神说："很遗憾，我无力帮助你。当萝卜里有汁水时，你的女友们就能年轻。"爱玛心里很不高兴，说："现在我可怎么办？要我服侍她们吗？"山神说："不用你操心。"他挥了一下魔棍，爱玛的女友、猫、狗一下变成了皱皮的干萝卜。

"我现在要寂寞死了。"爱玛哭着说。山神劝她："你不要弄坏自己的蓝眼睛，眼泪会使眼睛变红的。我今天就给你弄来新鲜萝卜，你又可以把它们变成你想念的人！"

冬天还没过去，山神找遍了整个地下王国，也找不到一根新鲜的萝卜。爱玛又寂寞了，她心里十分气恼。

山神弄到一些萝卜籽撒在田里。为了使天气变暖，让萝卜长得快些，他叫地下火来帮助，这样，萝卜就日夜生长。过了不久，山神神气地给爱玛拿来了第一根成熟的萝卜。

聪明的爱玛把这根萝卜变成一只喜鹊，对它说："你飞到地上王国，去找我的未婚夫，叫他三天后带一匹最快的骏马，在五月山谷等我。你快去快回。"喜鹊飞走了。过了三天，它飞回来扯着嗓子叫："未婚夫在五月山谷里等你！"

爱玛朝喜鹊挥挥手，说：“小声点，山神来了！”

“公主，我满足了你的愿望！现在我有许许多多新鲜多汁的萝卜，你可以把它们变成你喜欢的一切！”山神骄傲地把一大堆新鲜萝卜放在公主的脚边，“但你得告诉我，我们什么时候举行婚礼。”爱玛想了想，说：“我们的婚礼要办得像国王的婚礼一样，你要知道我是公主！在我们的婚礼上要有许多贵宾参加，你去数一数，田里有多少萝卜，我在这里想想把每根萝卜变成什么客人。你得明白，要是数错的话就不举行婚礼！”“不，我是不会数错的！”山神高兴地跑到田里去数萝卜了。

这时，聪明的爱玛把一根最大的萝卜变成一匹最快的骏马，然后跃上马背，奔向五月山谷。

山神心里着急，越急越是数错，每次的结果都不相同。等他数好回到家里，才发现爱玛不见了。

这时，多嘴的喜鹊忍不住叫起来：“美丽的爱玛逃走去找自己的未婚夫了！她逃了，逃了，他们在五月山谷见面！”

山神大怒，立即去追爱玛，但当他追上爱玛时，爱玛的马已越过了地下王国的国境线。山神十分伤心，把自己的不幸告诉了东南西北风，然后就回到地下王国去了。

多嘴的风把爱玛的巧计传遍了全世界，人们听了大笑，从此就把山神叫作“留贝察列尔”，意思是数萝卜的精灵，简称“留贝察尔”。

这个绰号传到了山神耳里，山神非常生气，又过了许多年，留贝察尔学会了辨别好人和坏人，他能识别人的心，就如读一本打开的书一样。

诚实的人，下面请听诚实的维特的故事。

二

许多年前，来兴堡这个小地方住着一个穷农民维特。有一年，粮食歉收，他向富裕的邻居借了债，没能及时归还，凶恶的邻居就抢走了他几乎全部的家什抵充债务。可怜的维特只剩下一头小母牛，他决定去法院告富人的状。人们对他说："同富人没法打官司。"但维特还是写了状纸，递到法院里。

他打了官司，结果连最后一头小母牛也输了。可怜的维特只留下六个孩子和一双有力的手，这双手养不活八张饥饿的嘴。

"孩子要食物时，我的心简直要碎了！"妻子哭着说。

"不要哭，"维特安慰说，"只要弄到一百个泰勒的钱，我们就能过活了！"

"到哪里去弄这么多钱？"妻子还是不停地哭诉着。

"山里有你的亲戚，他们很富有，一百个泰勒算不了什么。"

妻子擦干眼泪，给丈夫准备行囊去找亲戚借钱。维特选了一根结实的棍子，拿了一壶凉开水、一个面包，就走了。

他穿过密密的森林，越过高高的山岭，喝完壶里的水，吃完了面包，终于到了妻子亲戚住的村庄。

亲戚看到他风尘仆仆，衣衫褴褛，对他很冷淡，甚至不留他过夜。当维特提出要借一百个泰勒时，他们讥笑说："亏你想得出！

一百个泰勒借给你这种懒汉，你明天突然死了怎么办？”痛苦的穷维特只好到空草棚里去过夜，夜里一直没合眼，他想：我白白浪费了两天，怎么办？

他想啊，想啊，终于想出一个办法：“去求一下留贝察尔？据说他不止一次救助过穷人。怕什么？至多，他用铁棍打我一顿，骂我打搅了他。实在走投无路了！”维特决定了，他放开喉咙叫：“留贝察尔！留贝察尔！”矮树丛突然抖动起来了，爬出一个乌黑的人，高大的身躯上全是长毛，黄胡子长到腰际，眼睛像烧红了的炭火，手里拿着一根铁棍。

“地上的虫！”巨人怒吼着，“你竟敢叫我的绰号！”

“留贝察尔国王，我求你救救我的孩子，他们快饿死了，借我一百个泰勒，我保证按利息还你。”

“傻瓜！”留贝察尔说，“我难道是高利贷者？你去找人类兄弟们，叫他们帮助你好了。”

“自从人间出现了富人和穷人，就没有兄弟情分了。”

农民的直爽和坦诚打动了留贝察尔的心，他想：看来人间不好，不然人们为什么老是来求我帮助！他答应了：“好吧，我帮助你摆脱贫穷，跟我走吧！”留贝察尔带着维特走进一个黑暗的山洞，维特吓得发抖：“要是留贝察尔把我往深渊下一推，我就没命了！”留贝察尔能知道人的内心想法，他笑着说：“瞧你这样子，怕就不要走了。”维特羞得满面通红，幸好黑暗中对方看不见他的脸。

维特看到远处有蓝色的火光，越走越亮，最终山洞里同白昼一样亮了。维特一看，见山洞当中有一只巨大的铜锅，里面装满银的泰勒，他这才明白留贝察尔没有开玩笑。

留贝察尔笑着说："你拿吧，要多少，拿多少！不过得给我写张借条，三年后还给我！"

维特去数银币了，留贝察尔走到旁边，做出没有看的样子。维特是个诚实的人，他刚好数了一百个银币，然后写了一张借条交给留贝察尔。

留贝察尔把借条锁在铁箱子里，带维特走出洞口，说："回家吧，好好记住山洞的入口。三年后的今天我等着你拿钱来，要是你欺骗我，你就会倒霉的！"

诚实的维特保证按时全数归还，他举起右手发了誓，但他没有以自己的生命，也没有以孩子的生命起誓，而愚蠢的借债人常常是这么做的。

留贝察尔暗笑一下就消失了。

维特高兴地跑回家，途中他路过一家小店，买了一大包食物，深夜才到家里。他一到家门口就大叫："快生炉子，我们今晚要吃个饱！"妻子生了炉子，烧好了浓粥，浓粥浓得汤匙插在粥里也不会倒。

饥饿的孩子吃饱安睡后，妻子问丈夫："现在你告诉我，我的亲戚是怎么对待你的？"

"你的亲戚？"维特感到好笑，"他们待我太好了！他一点也不嫌弃我穷，给我吃饱喝饱，借我一百银币，三年归还。"

"你看，我的亲戚多好！"从此妻子每天夸自己的亲戚好，维特越听越不耐烦，但他还是没有说出真相。

夫妻俩不分昼夜，辛苦劳作，干了三年，撑起了一份家业，积攒了一笔钱，准备还债。

还债日期到了，维特把一百银币包在包袱里，一早叫醒妻子："快起来，洗脸，穿衣，我们进山去看你的亲戚，顺便把钱还给在我们困难时帮助过我们的人。"妻子穿好衣服，给孩子打扮好。维特叫妻子儿女坐上马车，进山去了。

维持带着妻子儿女走小路进了密林，他一边走，一边不时往四周看。

妻子问："我们是不是迷了路？我们应该到我兄弟家去的。"

"我们为什么要感谢你的兄弟？"维特笑着说，"难道感谢他们嘲笑我们穷，将我赶出来，不让我过夜吗？你的兄弟连块面包皮也不给我吃！他们的心多好！我去找自己的好兄弟，是他在我们患难时救了我们一家。"

"我怎么从来没有听说过你有兄弟？"

维特停在一个煤坑旁边，看了看妻子说："我的结义兄弟就住在这里，他待我们比同胞兄弟还要好，是他给我们带来了幸福！"

"你的结义兄弟叫什么名字？"

"叫留贝察尔。"

维特的妻子吓得大叫："快离开这里，我们要遭殃了！留贝察尔是个凶神恶鬼，害死了不少人！"

"人们的胡说八道还少吗？"维特生气了，"你们在这里等一等，我去同恩人算清账，我带他来，你们可要衷心感谢他。"

维特去找山洞的入口，他找到一棵烧坏的老橡树，三年前他就是从树根的中间进山洞的，现在山洞没有了，维特用石头、银币使劲儿地敲树根，放声大叫："山神，我给你还债来了！"但他听到的只是敲击的回声。维特难过地坐在岩石上，他想：对了，我把钱留在这里，也许留贝察尔不要我看见他。维特把一包钱放在岩石下边，转身走了。

妻子见丈夫回来了，就问："看见留贝察尔了吗？钱还了吗？"

"问题就是我没看到他！"维特忧虑地答道。

"你把钱放在哪里了？"

"岩石下边。"

"要是钱丢了怎么办？"

"我试试叫他的绰号吧，"维特挠了挠后脑勺说，"留贝察尔当然要生气，也许要打我一顿，但事情可以了结了。"

"不行，不行，他会把你打死的！"妻子害怕了。

"恐怕不会打死的！"维特笑了笑，大声叫了起来，"留贝察尔！留贝察尔！"

突然，草动了起来，竹子摇晃了，干树叶随着风卷到了维特脚下，干树叶中间有一张纸条。维特捡起纸一看，原来是三年前他写给留贝察尔的借条。

"妻子，高兴吧！孩子们，高兴吧！留贝察尔收到了钱，我们可以心安理得地回家了！"维特高兴得把帽子抛到空中。"到我兄弟家去吧，"妻子建议说，"我想，我们应该去！"

"好，去吧。"维特说。

傍晚，他们到了妻子的兄弟家。维特敲了敲门，开门的是一个不认识的男人。

“晚安！我的兄弟在哪里？”维特的妻子问。

“三年前，他们破了产，各奔东西了，直到现在音讯全无。”

维特和妻子面面相觑，热情的主人留他们过夜。

第二天天一亮，维特和妻子就回家了。

据说维特很长寿，他常常给孩子们讲在西列斯山上遇到留贝察尔的故事。

三

某个小城有一个富裕的面包店老板，他的坏名声远近闻名。面包工人从早干到晚，老板只给他们一个面包干作为工资。工人和四周的农民把他比作凶恶的蜘蛛，给他起了个绰号“蜘蛛老板”。

只要穷人一有困难，老板就出现了，说：“我借给你钱，你做工抵债，或者给我两大车木柴，这也可以抵债！”

穷人给他运去两大车木柴，老板看了看说：“你运来了什么？这算是大车吗？你放了三块半劈柴也算一车？你骗不了我！再装两车来，否则我去告诉法官！”

穷人同富人是不能打官司的，穷人会输掉最后一件衣服的。于是穷人只好又运来两车木柴。

有一次，老板在一个遥远的村里向一个穷人买了十车木柴，当穷人给老板送来最后一车木柴时，老板却只付了一半的钱！

“怎么搞的？”穷人惊奇地说，“我们说好的价钱不是这样的！”

“是的，但价钱跌了。”老板说，“要不，你就把木柴运回去吧！”

“我一个人在夜里怎么运得回去？家里一粒米也没有了，孩子饿得肚子直叫，你就可怜可怜我们吧！”

“要是可怜每一个人，太阳也要爆炸了！”

穷人无可奈何地拿了钱，坐上了雪橇。他在院子外扬着鞭子对老板说：“怪不得人家叫你蜘蛛老板！你等着瞧，总有一天你会掉泪的！”

穷人只买了一点点面粉、小米，连给孩子买点糕饼的钱都没有。路上他看见一个人穿着单薄的衣服在赶路，他想：这人一定很冷，太可怜了！于是穷人招呼他上了雪橇。

过路人感激地说：“好人，谢谢你。你为什么满脸不高兴？”

“没有什么可高兴的！”穷人愤愤不平地诉说一番。

“不要紧，我要叫面包店老板一辈子记住这个教训！”过路人说着，笑了笑，雪橇没停他就跳下去了。

“你到哪里去？等一等！”穷人叫着，“天这么冷，要冻坏的！”

但过路人好像在黑夜中融化了一样，完全不见了踪影。穷人不知道怎么办才好，天已经很黑很黑了，他只得急着赶回家。

第二天，面包店老板坐在暖和的房间里，他很得意：“昨天我骗了一个乡巴佬，这种人活该！叫他以后放聪明点！”

这时，一个樵夫来到面包店老板家，说：“您需要劈柴的人吗？我要的工资很低。”

“你到底要多少？”贪婪的老板问。

“微不足道，不空手回家就行，我只要我能扛在肩上的一捆木柴。”

老板想：他最多扛十根木柴。于是老板就叫樵夫明天来干活儿。

这天一早，老板被巨大的声音吵醒了——有人在院子里扔木柴。老板披上衣服，走到窗边一看，只见昨天来的那个樵夫正把木柴从柴垛上扔下来。

“你这笨蛋，轻一些，房子都震动了！轻些！”

樵夫不声不响，他抓住自己的右脚，把右脚从右腿上取下来，然后用脚劈柴！劈一下，一百块柴就自己分开了。

老板吓得手脚发抖，他结结巴巴地叫着：“你……走……吧，不……用……了！”樵夫还是不停地劈，一下子就把所有的柴全部劈好了。活儿干完后，樵夫又把自己的脚装好了。

“主人，我完成了，”樵夫笑着说，“现在我拿走属于我的一捆柴！”他从口袋里掏出一根绳子，把所有的柴全放在上面，扎得紧紧的，放在两肩上，拔脚就走。

老板吓得哑口无言，脚好像被钉在地上了。

“抓住他！抓住他！”老板后来终于叫了起来，跳出去追赶樵夫。

樵夫越走越快，人也变得越来越高大，头终于碰到了天空。

“留贝察尔！这是留贝察尔！”老板这才明白。

“哈哈！”留贝察尔叫道，“你怕了？你再敢欺骗穷人一次，你就同你的生命告别吧！”

这天早晨，那个穷人醒来时看见院子里放着一堆高高的木柴，柴堆旁边有一件衣服，就是前天那个过路人穿的。农民拾起衣服，里面的金币像雨一样落下来。

“昨天那个过路人一定是留贝察尔！”农民心里明白了。他收起金币，分给了穷苦的邻居们。

面包店老板从此就关了店，到别的国家流浪去了，以后再也没有听到过一点儿他的消息，人们都把他忘了。而善良的留贝察尔，直到现在人们还在怀念他。

魔鬼的故事

[乌克兰]

从前，在某个村庄里，住着一个穷苦的农夫。农夫家里穷得常常吃不上饭。他勤劳地工作，从早到晚地劳动，但是，一切总是不顺利。他一点儿法子也没有，怎么也摆脱不了那种穷苦的生活。

“这是什么缘故呢？为什么我总是摆脱不了穷苦的生活呢？”农夫这样想。

其实，原因是这样的：在他茅屋的炉灶底下，住着一群魔鬼，他们总是跟他捣乱。

农夫得着一点儿什么，他们就全给他破坏掉。他们总是千方百计地设法陷害他，给他带来灾难：把麦子弄烂，把牛折磨死，还把人家的猪引进农夫的菜园。

农夫是一个爱好音乐的人，他喜欢拉小提琴，并且拉得还挺好。

有一次过节，农夫弄来一块牛油和一大块面包给孩子们吃。

那天吃过午饭以后，他就取出小提琴，开始拉起来。

孩子们听到音乐的时候，都起立，把手叉在腰间，跳起舞来！

孩子们跳着舞，父亲在旁边看着他们，心里非常高兴。哎呀？他一瞧，怎么好像有些小东西在跟他们一起跳似的。那些小东西奇形怪状，身体很小，长长的手儿，细细的颈子，小脸又丑又凶。他们可多着呢，数都数不清。

农夫猜想，这一定是些魔鬼。于是他把小提琴放在一边，想去捉他们，可是这些小魔鬼立刻成群地向炉灶底下奔去。他们挤呀挤，拼命向炉灶底下钻。

这时农夫想了一个办法，要把自己从他们的危害中解脱出来。当小魔鬼正向炉灶底下钻的时候，他对他们说："喂，你们在炉灶底下这么挤，不大舒服吧？"

但是，小魔鬼们回答说："不，不挤！我们很好，舒服得很！我们在哪都可以安身！"

农夫拿出自己的牛角烟盒，闻了闻鼻烟，说："在这牛角烟盒里可以安身吗？"

"可以安身。"小魔鬼们回答。

"那么，试试吧，我想看你们是怎么安身的？"

说着，农夫就把那个开着盖的烟盒口朝下，往地上一放。

"你们都在哪里？"

从烟盒里发出来的声音说："现在，我们都在这个盒子里了！"

"还有谁留在炉灶底下没有？"

"一个也没有了，全在你的盒子里，全在这里！"

农夫正希望这样。他马上把烟盒盖紧紧地关上，然后走到一个多年不用了的磨坊去，把烟盒塞在一个很重的磨盘底下。

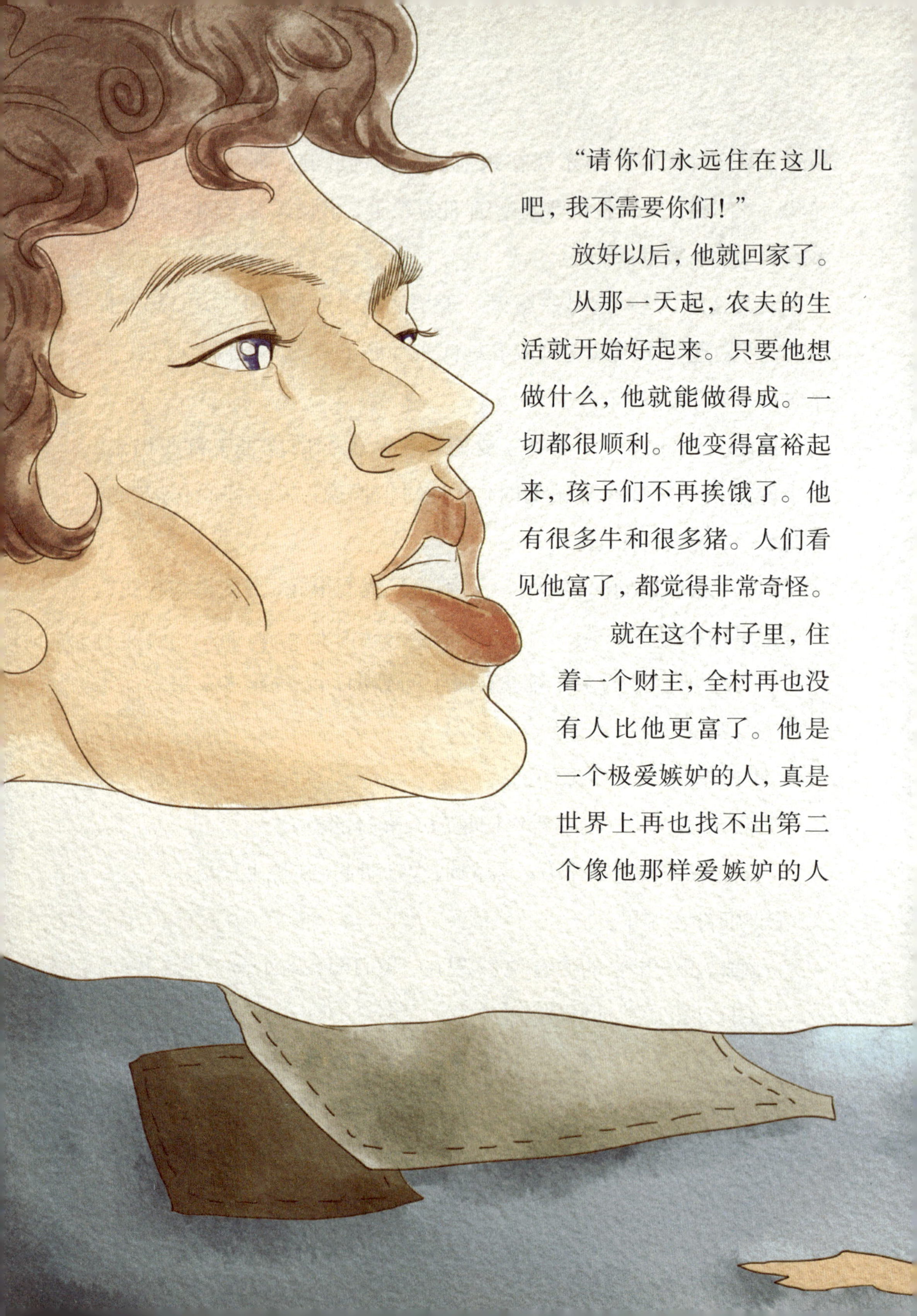

“请你们永远住在这儿吧，我不需要你们！”

放好以后，他就回家了。

从那一天起，农夫的生活就开始好起来。只要他想做什么，他就能做得成。一切都很顺利。他变得富裕起来，孩子们不再挨饿了。他有很多牛和很多猪。人们看见他富了，都觉得非常奇怪。

就在这个村子里，住着一个财主，全村再也没有人比他更富了。他是一个极爱嫉妒的人，真是世界上再也找不出第二个像他那样爱嫉妒的人来了！如果有人不贫穷，不奉承他，他就要大发脾气。

当他听到这个农夫摆脱了贫穷，变得和他一样富有的时候，他有多么恼恨，那就不用说了！

财主猜了很久，想了很久：那个苦命的农夫究竟是怎样富裕起来的呢？但是，他怎么猜也猜不着，怎么想也想不出来。

于是有一天，他就到这个农夫那儿去串门，用各种各样的花言巧语，只想打听出来农夫是怎样变得这么富裕的。

“因为我勤劳地工作，所以我的生活就变好了！”

“哦，难道你从前工作得少吗？”

“也不少，但是都给魔鬼破坏了。他们住在我的茅屋里，到处乱钻，把我所有的东西都毁掉了。现在好了，我已经弄明白这是怎么回事了，我从他们的危害中解脱出来了！”

“你怎么弄明白的？怎么解脱的？”

“我把他们引进我的烟盒里紧紧地关起来，再把这个装满魔鬼的盒子带到那个多年不用的磨坊里，把盒子放在磨盘底下牢牢地压住。”

“原来是这么回事哟！”财主说，“再见吧！我该回家了！”

告别后，他就走了。但是财主并不是回家去，他直接到那个多年不用的磨坊里去了。到了磨坊里，他找到了那块磨盘，并把磨盘搬开，取出烟盒，把盒子打开，说：

"喂！小魔鬼们，出来吧！到你们的主人那儿去吧！他可想念你们呢！"

财主心里想：这样，小魔鬼们就会跑回农夫那儿去的。

但是，小魔鬼们说："啊，不！我们不上他那儿去！我们怕！如果他再想出一个什么诡计来，恐怕我们就完蛋了，就活不成了！你救了我们，把我们放出来了，我们要到你家里去，你是好人！"

"嘿，这成什么话！"财主叫起来，"我要你们干吗？不要！不要！我不能带你们到我家里去！快给我滚开！"

滚开？所有的小魔鬼一下子跑到这个爱嫉妒的财主跟前，把他团团围住，抓住他的衣服，使他脱不了身！他想摆脱他们，但怎么甩也甩不掉。没法脱身，他只好带着这些小魔鬼回家去了。

到了家里，小魔鬼们从他身上跳了下来，四散跑开，到处乱钻，钻到哪里是哪里，找也找不到了！

从那时候起，小魔鬼们就在财主那儿住了下来。财主开始倒霉了：大黄牛死了；母牛也死了；马被偷走了；猪、羊丢了；田里的庄稼也不长了；房子起火了，院子也被烧了。这个嫉妒成性的财主就变成了乞丐。

达封与阿封

［罗马尼亚］

从前，有一对国王和王后，两个人都很漂亮，但是他们没有孩子。

有一天，一个厚嘴唇的黑人来见国王，说：

“圣明的国王，你好！我听说王后一直没有孩子，特为她送来了草药，如果用它熬汤，喝了就会怀孕。”

国王收下了草药，把王宫马厩里的一匹千里驹和一件无比美丽的金丝衣赏给了他。国王把草药交给了王后，王后又把草药交给厨娘让她熬汤，但是派什么用场她没有说。

厨娘感到好奇，汤熬好后，她先偷偷地尝了一口，再端给王后。过了不多久，王后和厨娘都怀孕了，十个月后，两个女人各生下一个漂亮的男孩，他们比世界上其他的孩子都要漂亮。王后的儿子取名叫达封，厨娘的儿子叫阿封。

有一次，国王去打仗，留下达封，交给他一串钥匙，说：

“孩子，我把所有的钥匙都交给你，你可以到所有房间里去，不过有一间要用金钥匙打开的房间你不能去，否则要遭难的。”

当父亲离开城市后，达封打开了所有的房间，看到了很多的宝石，就是没有一颗能让他中意。最后，他来到那间要用金钥匙才能打开的房间前。他在门外徘徊了一会儿，父亲的话使他犹豫不定，后来好奇心占了上风，他用金钥匙打开房门走了进去。

房里放着一架望远镜，达封往望远镜里一看，看见一座用金子建造的宫殿，发出的光比太阳还要亮。美如仙女的基拉丽娜公主就住在这王宫里，她如花园里那五彩缤纷的鲜花，谁见了，心灵都会得到安慰。

达封呆呆地看了公主很久，默默地把望远镜按原样放好，流着泪走出了房间。

不久，国王打了胜仗回来但是迎接他的只有王后一个人。她悲哀地说："孩子病得很厉害。"

国王马上明白了儿子生病的原因，他请来全世界的名医，但是医生们都说："王子如果不同基拉丽娜公主结婚，病是不会好的。"国王派了一个又一个使者到基拉丽娜公主那里去求婚，但都没有成功，因为公主的父亲不愿女儿远嫁。达封知道后，决定亲自去求娶基拉丽娜公主为妻。他把这一切都告诉了自己的结拜兄弟——厨娘的儿子阿封。于是在一个晴朗的早晨，他们两人一起出发了。

他们不知走了多少路，终于到达了北极妈妈的家。他们敲了门，走出一个满脸皱纹的老太婆，两人要求夜宿，还向她打听去找基拉丽娜该怎么走。

老太婆同情地看了看他们，说："我很高兴接待你们，但是我怕我的儿子北极一来，就会把你们两个都冻死，变成冰块。你们最好去

找春风的母亲，她也许会接待你们的。”

两个旅行者继续不停地走着，到过暴风的母亲家里，然后到达了春风的母亲家里。一个端庄漂亮的年轻女人接待了他们。她对达封说：“善良的青年，我知道你是在寻找美丽的基拉丽娜，想要娶她为妻。但是没有我儿子的帮助，你是到不了她那里的。你们留在这里，不过得藏好，如果我儿子闻出有人的味道，就会找到你们并打死你们的。”

她说完，拍了三下手，从炉子后飞出一只金鸟，喙是金刚石的，眼睛是宝石的。女主人把两个年轻人藏在金鸟的翅膀下面，金鸟又飞回到炉子后面。

没过多久，就听到风轻轻吹过的声音，风带来了玫瑰花和迷迭香的香味。门自己开了，进来一个英俊的青年，长长的金发，长着一对银翅膀，手里拿着手杖，手杖上织着花草。他一进门就说：“妈妈，我闻到了人的气味。”

“你搞错了，”母亲回答说，“我们家里没有什么东西能吸引从另一个世界上来的人类。”

春风不作声了，在桌边坐下。他喝了一碗热羊奶，又用大理石碗喝了紫罗兰汁水。母亲看到儿子渐渐高兴起来，就说：

“孩子，你告诉我，基拉丽娜的国家在哪里？有人想娶她为妻，该怎么去？”

“妈妈，你问的事很难做到，”儿子回答说，“告诉你吧，基拉丽娜的国家离这里很远，要走十年的路。但是也可以一瞬间就到达，如果能找到黑森林，那森林里有一块有魔力的木头，你坐在上面，它就能很快地把你带到基拉丽娜的国家里。谁把这个秘密后转告给别人，膝盖以下就会变成石头。到了基拉丽娜的国家后，再把木头变成一头金鹿，躲在金鹿的肚子里，就可以偷偷进入基拉丽娜的房间，将她带走。如果有人把这个秘密转告给别人，他的腰部以下就会变成石头。基拉丽娜出嫁后，暴风的母亲一定十分妒忌，会派商人带着比蜘蛛丝还要轻薄的漂亮衬衫去找她。基拉丽娜买了衬衫穿上后，如果不用斑鸠的眼泪喷她，她就会死掉。谁把这个秘密转告给别人，就会全身变成石头。”

春风说的时候，达封睡着了，而阿封还醒着，春风和他母亲的对话他全听见了。

第二天早晨，春风离开了家。达封问春风的母亲，是否向她儿子打听了怎么才能去到基拉丽娜的国家，但是她怕变成石头，不肯告诉他。

国王的儿子和厨娘的儿子又出发了，他们走啊走啊，又走了不少路。在太阳下山时，他们听见了震天动地的轰隆声，看到一条很宽的河，河里流的是热松脂。河里的火焰直往天上飞。王子怕了，而阿封说：

“你一点儿也不用怕，同我一起到黑森林里去，我怎么说，你怎么做。”

他们走到黑森林的深处，看见一块有魔力的木头，两个人坐在上面，用脚蹬了三下，于是木头变成了十二匹烈马拉的马车。他们飞得比暴风还要高还要快，不一会儿就降落在基拉丽娜王宫的大门口，一瞬间，马车又变成一块木头。两个青年一看，那座王宫的门口的台阶是用青玉砌成的，门槛是柏木做的。基拉丽娜公主坐在窗户旁边，她身上的衣服用金线缝成，颈上挂着一串珍珠项链。

基拉丽娜一见国王的儿子就爱上了他，她日思夜想，连做梦都梦见王子陪伴在她身边。公主生了重病，病得奄奄一息。

为了挽救女儿，国王还有什么事没做过呀，但是一切都是白费劲！一天，来了一个巫婆，巫婆说：

“最圣明的国王，愿你万寿无疆！如果想要女儿恢复健康，那你应该找到一头能用鸟语唱歌的金鹿。让金鹿在公主房间里待三天三夜，那时您就会看到基拉丽娜恢复健康了。”

国王派使者到全国各地去寻找金鹿。过了三天，厨娘的儿子阿封敲了三下木头。木头变成一头美丽的金鹿，阿封把达封藏在金鹿的肚子里，然后把金鹿带到王宫前。

国王看到金鹿，问阿封是否愿意把金鹿卖给他。

“卖是不卖的，不过可以借你用一下。”阿封傲慢地说。

“好吧！如果我借三天，你要什么代价？”

“给我一千个金币。”

他们互相拍了手掌作为约定，国王把金鹿牵到基拉丽娜的房间里，然后去处理别的事了。

金鹿面对着基拉丽娜，用鸟语唱起歌，唱得十分动听，甚至连树木和石头都感动了。公主在歌声中睡着了。这时达封从金鹿肚子里走了出来，吻了吻公主的额头，又藏了起来。

第二天，公主对自己的侍女说，她昨天梦见一个漂亮的青年吻她。聪明的侍女给基拉丽娜出了个主意：当鹿唱歌时，装作睡着的样子，在感觉到有人吻她时，就把他抓住。

时间又是半夜了，金鹿又唱起了歌。基拉丽娜假装睡着了，当王子从金鹿肚子里出来，走到公主面前，准备吻她时，她一把拥抱住他，说："这下你可逃不了，我为得到你吃了不少苦。"

他们像两只小鸽子一样互相爱抚着，一直到天亮。

中午前，国王陪着阿封来牵金鹿。基拉丽娜哭了起来，死活也不肯同金鹿分开。这时阿封悄悄地对她说："你要求父亲把金鹿养在城墙的外面，在那里有一辆十二匹烈马拉的马车在等我们。我们一起乘车飞走，到你的心上人的国家去。"

基拉丽娜公主得到了国王的允许，带着随从人员送金鹿到城外去。这时阿封在鹿肚皮上敲了三下，鹿马上变成十二匹烈马拉的大车。阿封一只手拉住基拉丽娜，一只手拉住达封，他们跳进了马车。马车飞到空中，转眼就不见了。

也不知他们走了多久，终于回到了祖国。国王得到儿子回来的消息后，立即带了军队来迎接。后来，王子就同基拉丽娜公主结了婚，婚礼按本国的仪式进行——欢宴三天三夜。接着，达封继承了王位。

婚后没多久，有一天，基拉丽娜依靠在窗旁，观望街上的景致。突然，她看见一个卖衬衣的商人走来，基拉丽娜叫商人上楼，买了两件比蜘蛛丝还要轻薄的衬衫，并穿上了一件。不久，公主生病了，病得奄奄一息。

阿封得悉了公主的病情后，就在半夜潜入她的卧室，用斑鸠的眼泪洒在她身上就走了。守卫在门口的女兵去报告达封，说是阿封吻了公主，达封一听勃然大怒，下令杀死阿封。

阿封被带到刑场，他对达封说："圣明的君主啊！但愿上帝让你长寿！我以对你全部的爱和友谊请求你，召集王国最著名的贵族，我有重要的话要对他们说，说完你就下令杀我好了。"达封把王公贵族召集来了，基拉丽娜也闻讯赶来。达封对阿封说："下流坯，你说吧！"

阿封开始说了："从前有一个国王的儿子，他爱上了遥远国家的公主，没有公主，王子就不能活，所以就同他的结义兄弟一起出发，或者是找到公主，或者是死在沙漠里。他们走遍了全世界，来到了北极的母亲家里，请她指点到公主那里的路。北极的母亲叫他们到春风的母亲那里去，几经辗转，来到春风的家，春风的母亲把他们藏了起来。

"当春风回来时，母亲探问他，春风回答说：'到基拉丽娜国家有十年的路程，但是如果找到黑森林，在黑森林里找到一块有魔力的木头，骑在上面，就能很快到达基拉丽娜的国家。到了那里后，必须把木头变成金鹿，人藏在它的肚子里，潜入公主的闺房，把她带走。基拉丽娜出嫁后，暴风的母亲由于妒忌会派卖衣服的商人来，公主穿上这种衣服一定会生病，如果不用斑鸠的眼泪洒在她身上，那她一定会死掉。'春风把这一切都对母亲说了，然后他念咒：'谁听到这话告诉别人，就会变成石头。'

“第二天，王子问春风的母亲是否向儿子打听过。但是春风的母亲怕变成石头，没有告诉王子。而王子的结义兄弟这一夜没有睡，全都听见了，他没有对王子讲一个字，同他一起到了黑森林，坐上有魔力的木头，飞越了松脂河。”

阿封一说出这些话，他膝盖以下的部分立刻变成了石头。贵族们看到这种怪事，吓得要命。可是阿封又说了：“结义兄弟到了基拉丽娜公主的王宫后，敲了三次木头，木头变成一头金鹿。王子藏在里面，用这个计谋同公主相识并带走了她。”

阿封说完这些，他腰部以下又变成了石头。王子和公主看到这可怕的惨景，哭着求他不要再讲下去了，但阿封还是继续说着：“王子同基拉丽娜结婚后不久，她向一个商人买了两件衣服，她穿上一件后就得了重病。结义兄弟知道她为什么生病，于是就在半夜进入公主卧室，用斑鸠的泪喷她，救了她的命。”阿封说到这里，全身变成了石头。达封和基拉丽娜哭了三天三夜，然后把他们恩人石化的身体放在自己的房间里，不停追念他。

有一天早晨，达封对公主说：“我梦见了一个身穿白衣的妇女，他说如果想复活石化了的兄弟，就要杀死一个我的儿子，用他的血浇灌石头。”王后说她也做了这样的梦，两人毅然决定杀死一个儿子。他们用自己儿子的血浇在石像上面，石像开始动了，一会儿阿封就复活了。他说：“上帝啊！我睡得多么不安宁啊！”

“嗨！兄弟，”国王回答说，“要是我不杀了孩子，用他的血喷在你身上，你还不知要睡多久，睡多沉！”阿封听了，用刀划破手指，把自己的血滴在孩子的尸体上，孩子马上活了过来。

全国上下沉浸在一片欢乐中。

海豹的眼泪

［冰岛］

有个靠海的城市，住着一对公爵夫妇，他们一直没有孩子。

两人岁数渐渐大了，头上已出现白发。突然，有一天，夫人发现自己怀孕了。

他们俩高兴得没法形容。他们那个开心呀，不论走到哪里，不论做什么事，都带着微笑。

那一天，夫人正在散步，忽然感到困倦，就在柔软的草地上躺下，不知不觉睡着了。

这时，她做了一个非常奇怪的、令人不快的梦——梦的开始，来了三个仙女，她们穿着黑色的礼服，站在她的面前。她们之中一个年龄最大的仙女说："你将生下一个女孩子，不过，你在为这个孩子命名的宴会上，要是不邀请我们三个人的话，这孩子就一定会遭到厄运。除非让我们当孩子的教母。"

夫人听了大惊，就醒了过来，可是还听得见仙女们衣服摩擦发生的窸窸窣窣的响声。

没多久，正如仙女所预言的那样，夫人生了一个女孩。府里立刻准备举行命名仪式的宴会了。

夫人记着三位黑衣仙女要来出席宴会为孩子命名的事。她一开始就吩咐，在摆宴会桌子时，要为仙女留三个座位。

可是，摆桌子的人冒冒失失的，只留出两个空位子。这件事情，别人也没有注意到。

远的近的，阔绰的、尊贵的客人们陆续来了。这次宴会相当盛大，到处充满欢乐的气氛。

大家尽情地吃着，喝着，唱着歌儿。宴会举行到最高潮的时候，大门忽然打开，三位黑衣仙女来了。

立刻，有一股像冰一样寒冷的风刮进了宴会的大厅。

年纪最大的那位仙女就座了。她说："好啊！公爵夫人记住那个梦了吧！让我给姑娘起个名字，叫玛露特娜吧！玛露特娜将会成为一个非常美丽的姑娘。"

第二个仙女就席了，她说："为了使玛露特娜不致认错，我要授予她金的眼泪。"

夫人还来不及道谢，第三个最小的仙女生气地责骂起来，她说：

"公爵夫人，我要诅咒这个姑娘，作为你们不给我留座位的报复。玛露特娜将遭受到不幸的折磨。在她举行婚礼那天的半夜，她将变成一只海豹。"

公爵夫人的眼眶里布满了泪水。这时，年龄最大的仙女安慰她说：

“请不要哭，公爵夫人，凡是诅咒都是恶意的，由恶意产生的魔法，一定有办法可以化解。在祭火节的晚上，要是有一个愿意为玛露特娜牺牲的人，这诅咒就会失效了。”

她们说完，大家如梦初醒，往四周一看，座位上早已没有了来命名的仙女，只是大厅里的空气仿佛还冰冷冰冷的。

这场意外的出现，仅是一刹那的事。

宴会继续热烈地进行着。但公爵夫人的心里反复想着这个诅咒，心情沉重得感到窒息。

玛露特娜长大了，正如第一个仙女所预言的，她长得非常美丽，谁看了都赞叹不已。

同时，照第二个仙女所预言的那样，玛露特娜每当喜悦或忧伤时，就会流下金眼泪。

公爵和夫人很疼爱玛露特娜，她过着幸福的生活。但是，父母因为她不幸命运的渐渐迫近，总是不安。

公爵不断地在想办法，要化解小仙女所诅咒的厄运。有一天，他终于想出一个好办法，而且决定马上着手进行。

公爵一个人骑着他心爱的马出门去，他穿过广阔的原野，翻过高耸的群山，来到一个开满越橘花的地方。他从这村走到那村，一家一家地打听着。

他不知走了多少天，终于来到了一个很遥远的村落里。在一所冰冷的破房子里，公爵见到他要寻找的少女，看上去，这少女简直和玛露特娜一模一样，她叫西库丽朵。

她虽然年纪很轻，却是个很有勇气的少女。公爵恳求她陪伴玛露特娜，她决定接受公爵的委托，非常乐意地来到城里，和玛露特娜在一起。

不多久，两人就非常要好，不论到哪里，不论做什么事，都是形影不离。随着两人慢慢长大，两人的样子越来越像。别人都分不出谁是谁，都说两人几乎一模一样。能区分她俩的，仅仅是眼泪的颜色。

很快，两个姑娘都长大成人。玛露特娜的厄运愈来愈近了。每天来向玛露特娜和西库丽朵求婚的人，都在城门外排成长长的队伍。

公爵对待两个姑娘是完全相同的，都很疼爱。他有一个坚定的想法，那就是一定要让玛露特娜先举行婚礼。大家也都认为玛露特娜会先结婚的。

有一个非常漂亮的年轻人，已经一次又一次恳求玛露特娜和他结婚。

这不是别人，正是这个国家的王子。王子热恋着玛露特娜，每天都要来看望她。

西库丽朵并没有打算要结婚，许多年轻人来向她求爱，她只是笑笑，连听也没仔细去听。

玛露特娜对王子的求婚从心里感到高兴。她认为这个满头金发、蓝眼睛的王子是非常合适的结婚人选。

不久，玛露特娜和王子定下了结婚的日期。就在举行婚礼的前一天晚上，公爵把西库丽朵叫去，说："西库丽朵，你爱玛露特娜吗？"

“我像爱我亲妹妹一样爱她。”西库丽朵把心里的想法说了出来。

“有没有爱到愿为她做出牺牲呢？”

“当然了。”

公爵了解到西库丽朵心底的想法以后，就把仙女诅咒玛露特娜结婚之夜要变成海豹的事说了。

“能够救玛露特娜的只有你啊！”

“我很高兴能够解救玛露特娜。不过，不知该怎么办？”

“这事啊，我在很久前就已经想好了。你们两人十分相似，谁也难以分清楚。因此，明天晚上的婚礼以后，不等仙女的诅咒成为事实，在举行宴会时，就把玛露特娜藏到一个秘密的地方去，请你假扮一下新娘。”

“可是，只是这样做就能解救玛露特娜吗？”西库丽朵还是很担心。

“明天就要举行婚礼，也只有这个办法了。明天也是祭火节，解救玛露特娜恐怕只有这个晚上了。”

第二天，西库丽朵参加了玛露特娜隆重的婚礼仪式，感到很快活。到了夜里，谁也不知道两人已经悄悄地互换了身份。西库丽朵被王子拉着手，出席了宴会。而玛露特娜一个人偷偷地藏进一个谁也不知道的房间里。

时间已经很晚了，宴会上的客人都相继离去，只留下新郎和新娘。

接着，新郎和新娘开玩笑说：

“你和西库丽朵真像啊！你到底是哪一个？我还不大确定呢！”

西库丽朵尽量使王子相信自己是玛露特娜。她的心情，王子是不可能理解的。

“喂，你到底是谁？玛露特娜，还是西库丽朵？”

“我是你的妻子啊！……”

“嗯，你是不是玛露特娜，我会弄清楚的。对，你在你那条丝绸手绢上落上一滴金眼泪吧！”

可怜的西库丽朵不知道怎么办才好。

西库丽朵用手压着剧烈起伏的胸口，装出一副很自然的样子，说：

“金眼泪不是说落就马上会落下来的。这样吧，稍微过一些时候，让我一个人待会儿，就能满足你的要求，你那么焦急是不行的。”

王子高兴地听从新娘的话，暂时离开了。

房里只留下西库丽朵一个人之后，她手里拿着丝绸手绢，急忙跑向玛露特娜躲着的那秘密房间去了。

她快步在走廊里奔跑的时候，塔上的钟开始打响了。

啊呀，糟糕，已经到了半夜了！

西库丽朵在心里数着钟声：

一，二，三……五……十，十一，十二，啊，正半夜了！

钟刚打了十二下，一刹那，城里的所有灯光全部暗了。整个城像被海水包围，还能听到波浪拍击的声音哩！

不过，灯光又马上亮了，西库丽朵打开了秘密房间的门。

这时，西库丽朵万分惊骇，不由得呆呆地站着不动了。

怎么办，玛露特娜不见了！

窗外，有一条小河，一直通到了城外！

西库丽朵从窗口跳出，借助淡淡的月色，沿着小河，向前追去。

走了一会儿，就听到海浪激荡的声响。她赶紧爬上一块岩石，向海岸上一望，月光下，只见白雪覆盖的石堆里，有一群圆脑袋的动物。

她鼓起勇气，走近一看，哎呀，那一大群都是海豹啊！

海豹们发现了西库丽朵，嘴里的牙齿发出了“咔嚓，咔嚓”的响声，并向西库丽朵移动着身体，渐渐向她逼近。

这时，西库丽朵注意到，这一大群动物的后面，有一只海豹，孤零零地站着。

她细细一看，那海豹的眼角，有一滴闪着金光

的东西，马上要掉落下来。

西库丽朵已经忘记身边有那么一大群凶恶的海豹，只是向那只海豹飞快地奔去。

这些海豹开始向西库丽朵进攻了。西库丽朵也不知摔了多少跟头，她不顾身上滚上多少污泥，不顾浑身上下流着血，只是拼命地朝前跑。

有两头大海豹拦住了她，她已经没有力气把这两头海豹推倒，她的

双腿已经不住地打战。她的脚乏力地踩着地面，身子摇摇晃晃，可她还是扑向前去。她终于靠近了那只孤单的海豹，伸出双手，紧紧地拥抱它。

那海豹的眼里，不住地流着金色的眼泪。

西库丽朵看了一眼，就失去了知觉，倒下去了。

西库丽朵醒来的时候，已经躺在城里自己的床上了。王子在她的面前，公爵也在她的面前。啊，玛露特娜不是也在面前吗？啊，这就好啦！……

大家都流着眼泪，赞扬西库丽朵的勇气，从心底感谢她。

城里又举行了真正的婚礼宴会，大家衷心地感到高兴。这多亏西库丽朵，这场婚礼都是托她的福。

有魔力的玫瑰花

［土耳其］

从前有个国王，他有一个独生女，她是位绝代佳人。多少人想看他女儿一眼，但都不能如愿，因为美人从来不出闺楼。

在遥远的海滨有一个王子，他听到这姑娘的名声，也非常想看一看。他离开自己的国家，出发上路了。他想：我无论如何都要见到她。

到姑娘的国家，得走七年的路。

“不管怎样，我总有一天会走到的。”王子下了这样的决心。

他不知走了多少路，钱用光了，衣服破损了。他被迫乞讨，今天人家给了，他才有吃的；明天人家不给，就只好挨饿受冻。

他就这样走着，走了好久好久。一天，他来到一个地方。这里有许多花园和葡萄园。当时正是盛夏酷暑，他非常渴，便走进一个葡萄园，从葡萄架上摘果子吃。他就这样走着，吃着，不知不觉来到了一个大花园。

那花园里有一个亭子，亭子里躺着一个女人。她是管理花园的，每三天才醒来一次，巡视一下花园后又睡。

王子正吃着水果，偏偏这时那女人醒了过来，开始巡视花园。王子一看见她，就怕得什么也不想吃了。“啊，她会把我撕得粉碎的！

怎么办？”王子这么想着，急忙藏到树后去。

其实那女人早就闻到人的气味，便径直朝他走去。“她马上要看见我了，看来这下要完了。”王子想着，从树后走出来。

“夫人，饶了我吧。我求你……不要伤害我！”

“孩子，你怎么来的？不说，我可要吃了你。”

“夫人，你要吃就吃吧。也许是老天带我到这里来让你吃的。”王子神情悲哀地说。女人见他可怜，便问：“孩子，你像个流浪汉，你为什么到这里来？”

王子不知是害怕，还是怀着希望，立刻向她诉说了全部经过。他想：也许我告诉她实情，会得到她的宽恕，让我找到我要找的人。

“哎哟，孩子，到那个国家还有九个月的路呢。即使到了那里，也不见得能见到那个姑娘。你不信，那就去吧。但最好不要去，不然，你会害了自己。”女人劝告他。

可王子回答：“不，我是为了爱情来的。我一定要找到她！”

这时，女人说：“你不知道，这姑娘已经着了魔，她不想见任何人，也不可能爱任何人。你想见她，只有破了这种魔法才行。”

“我该怎么破呢？”

“孩子，到现在我还没对任何人透露过这个秘密。但我可以告诉你，因为你为她已经受了那么多苦，我愿你的希望能够实现。是这样的，你从这里出去，走到一个花园，会看见一棵开满白玫瑰花的树。如果你能从树上摘下一朵，插在姑娘的头发上，那么魔法马上就不灵了。到那时，姑娘自己会想见你，哪怕你想走，也会有人找你去见姑娘。”

王子道了谢就出发了。不知走了多久，他终于来到了那个花园。花园门口站着一只很大的猫。“哎哟哟！这是什么怪物，是狮子还是老虎？我该走还是不走？”王子想，“不管三七二十一，走吧。”于是，王子走到大猫跟前。

原来就是这猫使姑娘着魔的，它是那个管花园女人的大女儿变的。她看见王子，为年轻人的热情所感动，便给他指了路。

这样王子进了花园，真的看见一棵白玫瑰花树。那玫瑰花开得高贵纯洁。他看得出神，不知道该摘哪一朵。当他小心地摘下一朵时，花园里响起了一阵可怕的叫喊。

“唉，要是不摘这一朵就好了。现在一定是发生灾难了。”王子赶紧向花园门口跑去。

他一看，前面已经不是一只猫，而是两只了。猫瞪着眼睛，吐着唾沫。

“青年啊，快跑！否则我们要吃掉你。你不知道，我们的三妹可厉害了。”

王子飞快地跑出门口，一直朝姑娘的国家跑去。他跑得那么快，就是箭也追不上。他回头看看，心里很高兴：“好了，谢天谢地，总算摆脱它们了。”

王子终于跑到他朝思暮想的国家。可是他人已经变得不像样了。他走进咖啡馆，大家看出他是从遥远的国家来的。

这些年轻人也都渴望见到姑娘，有人问他从哪里来，到哪里去。

“我是骆驼商队的主人，被强盗抢走了商品和金钱。我已经流

浪六个月了。”他答道。

大家听了很同情他，把他当贵客一样对待，又给吃又给喝。

晚上，王子准备上床，他突然发现，咖啡馆里的人三个一群、五个一组在谈论什么，他仔细一听，原来，他们在谈论那个姑娘。

“要是我们能骗过她的奶娘就好了。就是这老妖婆，什么也不让人知道。让她的眼睛瞎掉吧！”他们都这样说。

天亮了，王子走到街上，漫无目的地走来走去。突然有一个衣着整洁的老太婆迎面走来，衣服发出“叽里叽里”的声响。

“这莫不是姑娘的奶娘？我同她谈谈看，兴许能打听到什么。”王子想着走上前去。

老太婆看得出他是一个外国人。

“孩子，你到哪里去？”她问。

“大娘，我是个穷人，以卖玫瑰花为生。我家花园种着玫瑰花，我到这里来是为了卖掉它。现在卖得只剩下一朵了。”王子答道。

“给我看看你的玫瑰花怎么样。”

王子拿出玫瑰花给老太婆看。

“啊，多好看的花，要卖多少钱？”

“大娘，这玫瑰花不喜欢像您这样的老人，它只喜欢年轻的姑娘。”

“孩子，我买它并不是给我自己。我也没有女儿，但我是国王女儿的奶妈，我是想送给她当礼物，只是刚巧忘了带钱……”

她的话没说完，王子马上说：“大娘，反正只有一朵，您拿着吧，这玫瑰花送给您了，您送给要送的人吧。”

老太婆拿了玫瑰花回到王宫，姑娘把它插在头上。顿时，她心里燃起了爱情的火焰。王子的热情传到她身上，她不知道自己该怎么办才好，只好请求奶娘："奶娘，我感到不舒服。你去告诉我父亲，让他允许我到花园走走，我觉得寂寞。"

国王听了很奇怪："哎，我的孩子怎么啦？她从不想到外面去……她难道要死了？"因为担心孩子的生命，父亲只好答应女儿同奶娘到花园里去。

她们在花园里散步，走来走去。后来姑娘忍不住问奶娘："奶娘，你从哪里弄来这朵玫瑰花的？为什么我一戴上它，就感到心里燃起了一团火？"

"孩子啊，是一个青年送给我的，我拿来送给你了。"

"奶娘，你行行好，让我去见见那青年吧。"

"傻孩子，我们在街上相遇，谁知道他现在到哪里去了！"

"随你怎么办，这青年我是一定要见的。不然，我去告诉父亲。"

听姑娘这么说，奶娘慌了："我去，我去。我找到了带他来见你。"

老太婆走出王宫，那王子正好在门口等着。

老太婆一看见王子，就叫："孩子，你的玫瑰花怎么搞的，我拿去送给姑娘。姑娘一戴在头上，马上就病了。现在她要见你，你跟我一起去，我可以给你五个铜币。"

这正合王子的心意，他说："好吧，我去，不过不要钱。"

老太婆高兴地把王子带到王宫门口。那姑娘从窗口上一望，立刻就爱上了他。姑娘思慕之情不能自持，给王子写了张纸条："亲爱的人，我已全心全意爱上你了。如果你也爱我，那么今晚翻墙进花园来相会。”她把纸条从窗口扔了下去。

王子读着纸条，高兴得飘飘然。这时老太婆走出来警告他：“孩子，当心，不要告诉任何人，国王知道了，要把我们都处死的。”

王子只等天一黑，就爬上围墙潜入花园。那姑娘也已经等候好久了。两人一见面，就热烈地拥抱……

天亮时，国王发现自己的女儿不见了，连忙叫人四处寻找。

结果，他们在花园里发现公主和一个青年睡在一起。

“他们在这里！”国王惊讶得不得了，“这是怎么回事？这个陌生人是怎么进来的？还诱惑了我从不出门的女儿，我现在该怎么办？”

国王的叫喊把姑娘和王子吵醒了。他们一看见国王，就吓得直发抖。

国王把王子叫过去，问他是怎么回事。当青年讲了所有的经过后，国王说：“孩子，你不用怕，你使我女儿免遭一场巨大的不幸，我要让你们成为夫妻。”

国王把他们带进王宫，对大臣们说明缘由，并表示：“在外人知道这事以前，我们让他们订婚。”

大臣们遵照国王的命令，当即给王子和姑娘举办了订婚仪式。四十天以后，举行婚礼，全国欢庆。

王子终于达成所愿。

活命水与魔戒

［保加利亚］

从前，有一个国王，他有三个儿子。一个儿子结婚了，另一个儿子订了婚，第三个儿子还是单身。国王上了年纪，有一天他召集三个儿子，说："据说，在某个遥远的国家里，人们都很漂亮。那里有让人活命的泉水，年轻人用这水洗澡，永远不会衰老；老年人用这水洗澡，就会变年轻；生病的人用这水洗澡，身体就会健康。谁给我弄来这活命的水，我就让他代替我治理国家。"

于是，三个儿子去找活命的水了。他们走啊走啊，走到一个十字路口，这里有一处泉水，泉水的四周放着石板，石板上写着字："行人啊，走左面一条路，你长寿健康；走中间一条路，你可能回来，可能回不来；走右面一条路，你就会同生命告别。"

王子们都停了下来，现在要决定谁走哪一条路了。

"怎么办？"老大问。

"走哪条路？"老二问。

"这用不着伤脑筋的！"老三说，"大哥，你有妻子儿女，就走左面一条，回来时健康长寿。二哥，你已订了婚，走当中一条，你的未婚妻注定是幸福的，你不会死。而我走那条‘走上后就回不来’的路，因为我没有结婚，也没订婚，没有人等我，也不会有人为我哭的。我们脱下手上的戒指，都放在这石板下面，谁回到这里，谁就取走自己的戒指。这样，我们就能知道，谁回家了，谁没有回家。”

兄弟们分道走了。

老三走啊走啊，走到一个山洞前，洞口烧着一捆草，里面传来凄惨的声音：“我的兄弟，英雄，救救我的孩子吧！他们在山洞里要呛死了。”

青年用自己的刀拨开干草，走进山洞，看见烟雾中有东西在发光。他迎着光走去，看见一条母蛇和两条小蛇。青年把两条小蛇拿出山洞，然后又帮助母蛇出来。母蛇恢复健康后，说：“英雄，我拿什么报答你呢？”

“用不着感谢我，”青年答道，“不过，要是你知道，请告诉我怎么去找活命的泉水。”

母蛇从尾巴上拔下一片银的鳞片，交给青年说：“你收下这鳞片，向东走。你要登上一座高山，山顶上有一座银的宫殿，我的兄弟住在里面。他能看见山后和河那边的一切情况，你把鳞片交给他，他会告诉你，到什么地方去找到活命水。”

青年拿了鳞片，往东走去。走了许多天，终于走到了一座银的宫殿前，宫里没有一个人。在宫殿附近有一条银河。青年走到河边，河里跳出一条银的鱼，在地上挣扎，无法回到河里。青年把鱼拾起来，丢入河里。突然宫殿发出炫目的光，门槛上出现了一条长翅膀的蛇，这条蛇

问："善良的青年，你来这里要干什么？"

青年交给他一片银鳞片，说："我找活命的水，你是否可以告诉我活命水在哪里？"

蛇从自己尾巴上取了一片金鳞片，交给青年，说："你往东走！走到一座比这座山还高的山，山顶上有一座金宫殿，宫里住着我的大哥。他飞得比风快，能飞越大陆和海洋，他会告诉你活命水在哪里。"

青年往东走了。他走啊走啊，走到一座金色的宫殿前，看到宫殿前有只金的乌鸦，翅膀垂了下来，快渴死了。青年抱起金乌鸦，走到附近一处泉水，往它嘴里灌了几滴水，于是，乌鸦马上张开翅膀飞了。同时，宫殿发出太阳一样的金光，在门口出现一条金蛇。这条蛇问："善良的青年，你在找什么？"

青年把一片金鳞片交给金蛇，说："我找活命的水。你告诉我，在哪里有？"

金蛇交给他一颗宝石，说："往东走！有一座山，比这里还要高。山顶有一座金刚石宫殿，里面有个美丽无双的姑娘，你把这宝石交给她，她会告诉你活命的水在哪里。"

青年又往东出发了。他找到了金刚石宫殿，走到里面，看到一间明亮的房间里睡着一位无比美丽的女人。她醒了，青年把宝石交给她。女人微笑了一下，说："善良的年轻人，你在找什么？"

"找活命的水。"

"你能到达我的宫殿，就能得到活命水。你到宫殿前面那处泉水去灌活命水吧。你收下这个戒指，戴在左手上，你回到家里就会又健康又长寿。你有什么需要时，从左手上脱下戒指，戴在右手上，你要什么，就能马上得到什么。”

青年听了，真是高兴。他收下戒指，向美女行了礼，灌了一瓶活命水，就回去了。他走了一会儿，把戒指戴在右手上，说：“戒指，我想尽可能快地到达十字路口的泉水边。”

他刚说完，就刮来一阵旋风，把他吹到了泉水边。他往石板下一看，两只戒指还在，这表明哥哥们还没回来。青年把戒指戴在右手上说：“戒指，我要同哥哥们见面！”

他的话还没有说完，他的哥哥们已经出现了。

“哥哥们，你们去了哪里？”青年问道。

“我在一个遥远的国家当了囚犯，”老大回答说，“不知道从哪里飞来一条银尾蛇，把我带到这里来了。”

老二说：“我在茂密的原始森林里迷了路，突然有一条金尾蛇飞来，把我送到了这里。弟弟，你干了什么事？”

“我在一个无比美丽的女人的宫殿里找到了活命的水。她还送给我一只戒指，我只要把它戴在右手上，我的任何愿望都能实现……现在我们到父亲的宫殿里去吧。”

三个兄弟出发了，过了一会儿，老二说：“美人给你的戒指真奇怪！你让我戴在右手上，看看我的愿望能否实现。”

小弟脱下戒指交给老二，老二把戒指戴在右手上，说：“我们要得到活命水，而让小弟回到他自己选定的路上去。”

小弟惊得发呆了，他不知道两个哥哥是怎样从他手中取走活命水的，也不知道自己到了什么地方。他后来方才醒悟，自己又走上了老路。

这时，两个哥哥已到达了父亲的王宫。老大把活命水交给父亲，做了国王。后来老二靠戒指也做了邻国的国王。

有一天，老二把戒指戴在右手上，说："我要活命水宫殿的女王到这里来。"

过了一会儿，一辆金马车停在王宫前，里面走出来一个美女——就是活命水宫殿的女王。她走进王宫，卫兵带她去见国王。她行了礼，说："国王陛下，有何命令？"

"我要你留在我的王宫里。"

"好，我留下。戒指在你手指上，我就服从你。但是你要明白，你小弟的脚不迈进这个宫殿，你就不快乐！"

这时善良的小弟来到了山洞前，就是他救了蛇儿子的那个山洞。有两条小蛇出来相迎。

"你母亲呢？"青年问。

"她知道魔戒不在你手上后，就伤心得死了。你顺着这条路走，还能找到戒指。这是我尾巴上的银鳞片，给你，你把它给我银山的叔叔看，他就会帮助你的。"

青年往东走去。走了很长时间，到了一座宫殿。这宫殿的大门锁着，青年站在门口，突然从银河前传来了声音："你在找蛇吗？"

青年走到银河边一看，里面有一条鱼，就是他救过的那条。

"鱼，我是在找蛇。"青年说，"它在宫里吗？"

“蛇得知魔戒在坏人手里后，难过得死了。我给你一片金鳞片，它会把你带到我兄弟那里去，我兄弟会帮助你的。”

青年收下金鳞片继续走。他走到一座飞蛇国王的宫殿，但大门也锁着。青年不知怎么办。突然，一只乌鸦飞到他面前，这只乌鸦得到过青年给的活命水。

“青年勇士，你在找什么？”乌鸦问。

“我在找蛇。”青年回答说，“我给它带来了金鳞片。”

“它知道魔戒不在你手里后，忧郁得死了。但你告诉我，你要什么？我来帮助你。”

“我要见活命水宫殿的女王。”青年说。

乌鸦回答说：“青年，女王不在自己的宫殿里，她被你的哥哥抓了去。只要戒指在你二哥手上，她就受你二哥的控制。”

青年哭了。这时，乌鸦飞到青年肩上，说：“不要泄气，好青年！我想办法夺回你二哥手上的戒指。你从后门进宫去，等我，我马上到。青年，再见吧！”

“乌鸦，祝你一路平安！”

青年留在王宫里等，而乌鸦飞往凶恶二哥的王宫里去了。当乌鸦飞到王宫里时，国王正在花园里散步。乌鸦俯冲下来，啄了一下他的左手，国王还没明白是怎么回事，乌鸦又啄了一下他的左手，凶恶的国王痛得大叫起来，宫女、御医都来了，给他包扎伤口。国王到寝宫后，伤口痛得更厉害了，手也肿了。

“哎哟，我没有力气了，我要死了！”国王叫道，“把我手上的戒指脱下来，放在我旁边的凳子上，让十个忠实的卫兵守卫戒指。窗子打开！我喘不过气来了……”

国王命令一下，人们立即执行。

过了一会儿，乌鸦从打开的窗口飞进去，抓住戒指就飞走了。王宫里一片混乱，而乌鸦已经飞到善良的青年身边了。乌鸦把戒指交给青年，说：“现在你想要做什么就能做什么了。”

青年把戒指戴在右手上，叫：“戒指，把我送到父亲的王宫里去！”

他的话还没说完，一匹飞马飞到他面前，他跨上马背，直往王宫飞去。

老大看见小弟，“扑通”一声跪下来，哭叫道：“弟弟，你严厉地惩罚我们吧！世界上没有比我们更坏的人了，叫父亲和美丽的女王来，在他们面前惩罚我们吧。”

老二也跑来跪下。

老国王来了，拥抱了小儿子，高兴地哭了。活命水宫殿的女王也来了，她吻了青年的额角，然后转身对老国王说：“国王陛下，是这个青年拿了我的活命水，我还送他一只魔戒，他有资格统治你的国家。”

老国王拉着女王的手，哭着说：“只有这只手才和我儿子的手相配。”

然后，他又转身对小儿子说：“孩子，随你怎么惩罚你的哥哥们吧，你得到了幸福，得到了王冠！”

这时，青年扶起哥哥，说：“哥哥们，站起来！你们有妻子和儿女，你们为他们好好地活吧，我宽恕你们！”

后来，青年同美丽的女王结了婚，做了许多年的国王。

斯洛伐克好男儿

［斯洛伐克］

土耳其人统治斯洛伐克的时候，人民苦难深重。谁都没把握保住自己的自由、财产甚至生命。

那时候，在一座小山城里住着一个名叫瓦沃罗·布列苏拉的人。他是一个名副其实的斯洛伐克好汉，所有到他那个地区来烧杀抢劫的土耳其人都有几分怕他。有一次，当他们得知布列苏拉不在家时，便袭击了他家庭院，他家的仆人想阻拦，可是土耳其人很快就征服了他们，把他们捆了起来。土耳其人准备把仆人们和布列苏拉的妻子都抓起来带走，可是他们又想：布列苏拉不会那么快回来，不如在押走俘虏之前，先吃个饱喝个够，把庭院烧了再动身。他们命令布列苏拉的妻子给他们做些最可口的饭菜，他们则在房子里东游西逛，饮酒作乐，还碰得马刀铿锵作响。

吓得要命的布列苏拉的妻子站在厨房的炉灶前。这时布列苏拉就像是从天上掉下来一样，突然神不知鬼不觉地站到了她身旁。

"上帝赐福！"他向她问好之后说，"你请了什么贵客？"

"土耳其人在这里！"妻子吓得战战兢兢地回答说。

“你给这些‘亲爱的客人’煮的什么菜？”

“蔬菜。”妻子回答说。

“放肉吗？”

“没放。”

“那我马上给你拿来！”他大声喊着来到房间里。

土耳其人一听到他的声音，立刻熄了灯，一个挨着一个连滚带爬地往窗子那边退。布列苏拉抓住一个敌人就是一刀，砍得火星四溅。土耳其人的脑袋一个接一个地掉到地上，连已经跳窗逃到屋外的也没能幸免一死。

就这样，好汉独自一人救了妻子、所有仆人和整个庄园。

土耳其人无法忘记这一惨痛的教训，他们寻思着要报仇。

过了一段时间，土耳其人集结了兵力，在出名的暴君——斯洛伐克地区的残害者贝契卡的率领下，翻山越岭来找布列苏拉算账。他们沿途毁坏了所有的村庄，四处一片悲惨景象，人们吓得逃进森林。布列苏拉一再动员他们和土耳其人搏斗也无济于事，因为他们手无寸铁，抵挡不了强军壮马。

布列苏拉只好挑了一个最勇敢的仆人，和他一起去碰碰运气。他们走啊走啊，一直走到哈塞山下才停下来，彼此商量用什么巧妙的办法来对付强大的土耳其军队。布列苏拉藏在灌木丛中的一口水井旁，那仆人藏在他旁边。布列苏拉对他说，等他一听到信号枪响，就大声嚷嚷：“到这边来，这边来，居拉！萨姆卡！”让对方不知道他们有多少人。

暴君贝契卡率领的土耳其兵一看见水井，便下了马，想喝口水。布列苏拉端着枪从灌木丛中跳出来，喊道：“欢迎你啊，贝契卡先生！上帝有眼，让你没法再来蹂躏斯洛伐克了！”布列苏拉说完，一枪把贝契卡打死了。这时他的同伴也放了一枪，还大声嚷嚷：“到我这儿来，小伙子们！”说完又放了几枪，几个土耳其人应声倒在血泊中，其他人以为落进了陷阱，都吓得要命，眼看首领都一命呜呼了，便扬鞭抽马，狼狈逃窜。

现在，那个土耳其暴君就埋在那口水井旁，坟上压着两块大石头。很长时期以来，人们都保存着土耳其暴君的那根铁棍，将之作为他凌辱斯洛伐克的罪证。

就这样，瓦沃罗·布列苏拉使整个斯洛伐克摆脱了这个暴君的蹂躏。他将长久地活在斯洛伐克人民的心里。光荣归于他——勇敢的好男儿！

聪明的宝石匠

［捷克］

拉陀斯十八岁的时候，父母就去世了。他现在完全是一个人生活在世界上了。

"我到大城市里去吧，"他这样决定，"或许在那儿可以找到工作。"他准备停当，就动身了。拉陀斯在城里的街道上走了很久。他从来没有到过城里，这里的一切事物都使他觉得新奇。在一条街上，他忽然看见一家人家的窗口上摆着几件特别华丽的物品：一些手镯和贵重的器皿。它们有着各种各样的光彩。这是一个珠宝作坊，有许多人在里面干活儿。拉陀斯在窗外看了很久，看着工匠们用灵巧的手把金、银、宝石变成奇异的物品。他十分喜爱宝石匠的工作。

"我应该在这个地方干活儿！"他决定了，就走到作坊里去。

"你要什么？"作坊主人问。

"我想学做漂亮的物品，收我当学徒吧。"年轻人请求说。

"学徒吗？你太大了。开始学习宝石匠的手艺，年龄不应当超过八岁。"

"没关系，我努力加紧学好了。"拉陀斯坚持说。

“你怎样交学费呢？”主人又问。

“我交不起学费，又没有能够替我交学费的亲戚。可是，我可以努力干活儿，您会对我满意的。我决不闲坐一分钟。”

“好吧，留下吧。”主人想了一会儿说，“你在门边工作，在那儿睡觉。”于是拉陀斯成了宝石匠的学徒。起先别的学徒都笑拉陀斯，看见他干活儿那么笨手笨脚，就逗弄他。但是他们很快就不笑话拉陀斯了。到了第二天，他学得已经不比大多数人差了。一个星期的光景，他学到了别人花两年工夫才能学会的东西。这个年轻人有一双万能的手，他随便学什么都学得会。过了两个星期，拉陀斯已经能够制造宝石戒指、耳环和手镯，做出来的东西并不比工匠做得差。

“我真不知道把拉陀斯当作什么人看待好，”作坊主人对妻子说，“或许他本就是一个有经验的宝石匠，只不过把手艺隐藏起来罢了；或许这个小伙子是福星托生的。”

“我想他不会欺骗你，”妻子回答说，“照我看，他从来没有说过谎话。”过了一个月，拉陀斯学徒期满，主人留他当工匠帮手。有一次，拉陀斯同主人经过王宫。他看见王宫门前安着一根木桩子，上面有一个白色的人的头盖骨。

“这是什么意思？”他问主人。主人说：“我们国王有一个独生女，长得十分美丽，在全国都找不到那样的人儿。但是不幸的是，她从十二岁起就不能说话。公主连一句话也不会说，现在已经是第五年了。她读书、散步、刺绣，但是做什么事情都不出声。来过无数的医师给她医治，但都不见效。三年以前，这儿曾经来过一个智慧过人的女预言家。她说黎碧娜公主被鬼迷住了，必须等到一个青年来使她说话，魔法才会结束。国王颁布了一道命令：谁能使他的女儿说话，就把女儿嫁给他做妻子。许多青年才俊来到宫里，每个人都想法和公主交谈，但是毫无结果。这使得国王和公主感到厌烦了。公主走进自己的深宫，什么地方也不愿意去。于是国王又下命令，来医公主的人如果三天之内不能把公主医好，就要被砍头。宫里不再拥挤了，使公主烦恼的那些人都各自回家了，因为谁都不愿意丢掉自己的头。

“过了很久才有一个英俊的青年来到城堡里，他求国王让他试一下，看他能不能医治公主。国王答应了。

“据说，那个青年在黎碧娜面前跪了三天，只请求她说一句话，可是公主连动也不动。这位青年就这样丢掉了脑袋。这头就挂在这儿示众。从此以后，再没有人想来碰运气了……”

拉陀斯对主人讲的故事感到很惊奇。他可怜那白白送命的不幸青年，也可怜命定永远不能说话的美丽姑娘黎碧娜。拉陀斯在主人那里干了一年活儿。他现在已经成为最好的宝石匠了。有一次，国王派一个朝臣到宝石作坊来。

“国王命令给公主制造几件贵重的装饰品，”他对作坊主人说，“可是，这些装饰品要制造得像从来没有人见过的那样美丽。”

“好吧，”宝石匠回答说，“我来做。”朝臣走了以后，主人挠了挠后脑勺。他不知怎样来完成这件工作。

“主人呀，发生了什么事情呢？”拉陀斯问。主人把事情讲了。

“别发愁。我来给公主制造装饰品。”

“连我都害怕干的活儿，你想你能做好吗？再说，我不知道你是否能承担这件活儿，又怎能拿许多金子和宝石来供你浪费呢？”

“那么您就随便给我一件东西做吧，如果做出来还合意，再做另外一件东西好了。”主人给了他一些金子和宝石。拉陀斯马上动手干活儿。当拉陀斯把做成的宝石戒指拿给主人的时候，老宝石匠感到十分惊奇！这个宝石戒指真是美丽无比。主人很高兴，就给了青年金子和宝石，让他把剩下的几件做好。拉陀斯日夜操作，最后全部做好了。他还做了一个小银匣子，把做成的珍贵饰物放在里面，拿来交给主人。主人看到这一切，就抱住拉陀斯的脖子说：“从今天起，你是我的师父了！在工作中我再不能更多地指点你了，你已经远远地超过了我。”的确，这样的装饰品只有伟大的匠师才能做出来。那些精雕细琢的项链、奇异的耳环、手镯和其他的装饰品，简直使人挪不开眼睛。那些装饰品上的金银花纹，细得就像轻巧的蜘蛛网，而叶子和花朵却完全像真的一般。

“做出这样的装饰品，我真不知应该怎样酬谢你呢！”激动的宝石匠说。

“什么也用不着。只求您答应让我亲自把它们送去给国王。”主人很乐意地答应了，拉陀斯就动身到王宫去。侍卫报告国王，说定做的珍贵饰品送到了，国王立刻吩咐让宝石匠进去。青年深深地鞠了一个躬，就把银制的小匣子献给国王。国王目不转睛，看了这些奇异的装饰品很久，然后他问：“青年呀，告诉我，这是谁做的？”

“仁慈的国王啊！是我自己做的。”拉陀斯回答说。

“你是我从来没有见过的艺术家！如果我能用什么来表达对你的敬意——你就请说吧。”

“仁慈的国王呀！我听人家说，只要有人愿意试着让公主说话，就能够去见公主。我想试试看，请您允许我见见公主吧。”拉陀斯心惊胆战地等着国王回答。

“当然啦，年轻人，”国王说，“你可以试着医治公主。不过你知道不知道，不成功你会怎么样呢？”

“我知道的。”拉陀斯坚决地回答说。国王唤来一个朝臣，吩咐他领拉陀斯到公主住的地方，让他一个人留在那里。他又对这朝臣做了一个暗号，叫他偷听那里发生的事情。朝臣领着拉陀斯穿过无数的厅堂，它们一个比一个奢华。最后他们来到公主住的地方。朝臣打开最后一扇门，就向拉陀斯做手势，叫他走进去。黎碧娜公主坐在她那房间的窗户旁边，用金线在那里刺绣。拉陀斯走进去的时候，她的脸上一根筋也没有颤动，她连看都不看他一眼。这公主好像是没有生命，就跟墙上金框里她那幅画像一样。拉陀斯向公主行了礼，可是没有和她说话。他走到黎碧娜的画像前面，对它说：“美丽的肖像呀，你来解决宫里的大问题吧：雕刻家用木头雕刻出一位姑娘来，裁缝为她缝制衣裳，而第三人使她说话。究竟那姑娘会一辈子感激谁呢？”

“不感激那个叫她说话的人，还感激谁呢！”公主忽然说话了，接着又继续刺绣。拉陀斯鞠了一个躬，退了出来。他心里非常高兴：公主说话了！朝臣虽然一切都听见了，但是他很嫉妒：没有一个达官显贵能够达到目的，而这样一个穷打扮的普通青年居然能够顺利成功。他就告诉国王，公主一句话也没有说。国王下令拉陀斯在城堡里再待一天。第二天，朝臣又领拉陀斯到公主住的地方去。青年又向画像提出同样的问题。公主又回答说：

“我昨天已经对你说过，她一辈子感激那第三个人。”朝臣虽然偷听了这番话，但是他仍然报告国王，说公主一句话也没有说。但是第三天，国王想亲自去听听。拉陀斯走进公主的房间又对画像提出同样的问题。

“我已经对你讲过两次了，说那姑娘一辈子感激叫她说话的那个人。你还要问什么呢？”黎碧娜说完，就在桌子旁边站起来。国王立刻跑进去，高兴得哭起来，他抱住女儿，然后拉着拉陀斯的手说：“年轻人，你解除了我最大的痛苦！你医好了我亲爱的女儿！你来做我的女婿，当国王吧，因为我看到你比其他所有的人

都聪明且有才干。”

“仁慈的国王呀，”拉陀斯回答说，“我本是老百姓出身。美丽的公主是不是愿意我做她的丈夫呢？”

“你用你的智慧，把我从魔法里救出来。除了你，我再不愿意嫁别人了。”黎碧娜说完，就把手递给拉陀斯。这个消息立刻传遍全城：公主医好了，医好她的人是个普通的宝石匠学徒！过了不久，他们举行了婚礼。公主佩戴着珍贵的饰品，浑身闪烁发光。这些宝物都是她的新郎亲手替她制造的。拉陀斯英明地治理国家，从没有一个国王像他那样英明，因此人民都爱戴他。他有几个儿子，每个儿子都要从小就学一种手艺。至于他们能不能像他们父亲那样聪明呢，那就不知道了。